Arnold Miller

Bewährte Strategien
für Geldanleger und Investoren

Arnold Miller

Bewährte Strategien für Geldanleger und Investoren

Bibliografische Information der Deutschen Bibliothek:

Die Deutsche Bibliothek verzeichnet diese Publikation in der Deutschen Nationalbibliografie; detaillierte bibliografische Daten sind im Internet abrufbar unter <http://dnb.ddb.de>

Copyright:
2013 Arnold Miller
Satz, Layout und Umschlaggestaltung:
Josef Böhm
Herstellung und Verlag:
BoD-Books on Demand GmbH, Norderstedt
ISBN: 978-3-8482-3221-5

Inhalt

Arnold Miller

Bewährte Strategien
für Geldanleger und Investoren

überreicht durch Ihre Hausbank – Ihren Berater, aber auch im Buchhandel erhältlich

Vorwort

Jeder, der ein Bankkonto besitzt und noch ein bisschen mehr, kann sich durch diese spannende, aber auch anstrengende Lektüre *... viel Lehrgeld sparen ... wenn er die Ratschläge beachtet ...*

Dieses Buch widme ich ...

- **allen Frauen, die mit einem Workaholic zusammen leben und ihn trotzdem nicht verlassen,**

- **den Kindern, die einen Workaholic als Vater haben und ihn trotzdem lieben,**

- **allen Freunden, die ihm die Treue halten, obwohl er immer nur seine Arbeit im Kopf hat,**

- **allen Mitarbeitern, die ihn jeden Tag ertragen müssen,**

- **meinem Freund N R, der mich unabsichtlich zu diesem Büchlein animiert hat,**

- **meinem Ratgeber bei der Vorbereitung, Klaus S.,**

- **und Josef B., der Cover und Layout entworfen hat.**

Vorbemerkung

Im täglichen Zusammenleben gibt es viele Missverständnisse. Teilweise, weil die Leute zu wenig miteinander reden, oder weil sie nicht die gleiche Sprache sprechen. Dazu gehört auch der Gebrauch von Fremdwörtern und die Unsitte mit den vielen unverständlichen Abkürzungen. Manche Menschen – z.B. ich – sind ein bisschen begriffsstutzig. Deshalb bin ich immer froh, wenn mir jemand schwierige oder für mich neue Dinge, wie das Handy oder die Kaffeemaschine, idiotensicher erklärt. Ich werde mich deshalb bemühen, auch den Börsen-Neulingen unter Ihnen alle Begriffe so zu erklären, dass man sie verstehen kann. Übrigens hat jeder Betriebswirtschafts-Professor auch einmal klein angefangen.

Wundern Sie sich nicht, wenn manche Dinge mehrfach wiederholt werden. Ich halte sie einfach für sehr wichtig. Und Wiederholungen führen zu tieferem Eingraben in die Gehirnwindungen, falls es solche bei Männern (größter Teil meiner Leserschaft) überhaupt gibt.

Medizinern wird in finanziellen Dingen wenig Kompetenz zugetraut. Genauer gesagt hält man sie bei Finanzen eher für unterbelichtet. Meistens stimmt das sogar. Dass es Ausnahmen gibt und man nach 43 Jahren im Haifischbecken Börse nicht nur überleben kann, sondern auch für die wichtigeren Bereiche des (Zusammen-)Lebens von den Märkten einiges gelernt hat, davon versucht Sie dieses Büchlein zu überzeugen.

Ein prägendes Erlebnis

Während meines Medizinstudiums hatte ich einen Nebenjob, der mich viel Zeit kostete. Weil ich immer schon ein fleißiger Junge war und lange bei meinen Eltern wohnen konnte, kannte ich weder Kneipen noch besonders viele Mädchen. Dafür war ich sparsam und belastbar.

In dieser Zeit hatte ich mein erstes unangenehmes Erlebnis mit einer Bank. 1968 waren die Kontrollmaßnahmen im Wertpapiergeschäft noch nicht so ausgefeilt wie heute. Deshalb konnte man mit einfachen Tricks schon ganz gut Kohle machen, wenn man nicht erwischt wurde.

Gutgläubig habe ich damals meine gesamten Ersparnisse einer Bank anvertraut, bei der ein guter Freund sein Konto hatte. Er war zehn Jahre älter als ich und selbst Bankkaufmann. Ich vertraute ihm blind. Er hatte ein unheimlich großes Aktiendepot und ein breites Allgemeinwissen.

Mein Ziel war es, einmal so werden wie er. Schließlich wollte ich meinen Eltern zeigen, dass sie mir nicht umsonst alle Chancen geboten haben, die sie nicht hatten: Leben in der Großstadt, Schule, Gymnasium, Uni, Karriere. KK, so hieß mein damaliges Idol, erklärte mir die Grundregeln der Marktwirtschaft, wie man sich anständig kämmte und wie man sich als gebildeter Mensch zu benehmen hatte. Er machte mich mit seinem persönlichen Aktienverwalter bekannt und riet mir dazu, auch in Aktien einzusteigen.

Nachdem ich keine Ahnung hatte, ließ ich diesen „Bankbeamten" eines alteingesessenen Münchner Institutes mein Konto nach seinem Geschmack verwalten. Die Kontoauszüge mussten am Schalter abgeholt werden. Weil dies nur in sehr großen Abständen geschah, konnte der raffinierte Verwalter tun und lassen, was er wollte. Er kaufte viele exotische Werte, weshalb ich ihn besonders bewunderte. An Crestmont Oil and Gas kann ich mich noch gut erinnern. Erstaunlicherweise entwickelten sich die meisten Papiere nicht zu meinen Gunsten, obwohl Herr B. doch sicher wusste, wie die Kurse laufen würden. Schließlich befasste er sich ja professionell mit den Dingen. Er räumte mir, ohne dass ich dies ahnte, sogar einen Kredit ein, damit er noch größere Summen bewegen konnte. Schließlich war mein Konto in wenigen Monaten – bei einem Einkommen von einigen Hundert Mark pro Monat – um 102.000 DM überzogen, obwohl die Bank inzwischen schon alle Papiere verkauft hatte, ohne mich zu fragen. Exekutieren nennt man das. Und alles nur, weil Herr B. der König der Schnibbler war. Zwischen dem Kauf und der Abrechnung vergingen, besonders bei exotischen Auslandsaktien, locker zwei Tage. Dann hat Herr B. seine Großeinkäufe auf die einzelnen Kundenkonten verteilt: Die guten ins Töpfchen, die schlechten ins Kröpfchen. Herr B. zahlte als Bankangestellter „mit Haustarif" kaum Kauf- oder Verkaufsgebühren. Bei günstigem Verlauf kam der größte Teil der Papiere auf sein Konto und wurde gleich wieder verkauft. Ein risikoloses Geschäft – der Staatsanwalt sah das später anders. Bei negativem Kursverlauf wanderten die Aktien auf die verschiedenen Kundendepots. Die meisten Kunden waren schlauer als ich oder haben ihr Konto besser kontrolliert. Schließlich flog die Sache auf. Nachdem der Bankvorstand seine Kontrollpflichten noch schlechter wahrgenommen hatte als die bestohlenen Kontoinhaber, verlief die Sache glimpflich, auch für mich.

Wie hätte ich denn 102.000 Mark zurückzahlen sollen. Einen bestimmten Betrag musste ich allerdings selbst berappen. Dazu bot man mir mit sanftem Zwang den Job des Laufburschen in der Effektenabteilung einer der nämlichen Bank mit den dämlichen Kunden nahestehenden Wertpapier-Verwaltungsgesellschaft an.

Ich habe dabei viel gelernt und Geschmack an der Börse gefunden, nachdem mein Vorgeschmack lange einen bitteren Nachgeschmack aufwies. Bis heute, 43 Jahre später, habe ich so viele Dinge im Finanzwesen erlebt, dass ich meine wichtigsten Erfahrungen weitergeben möchte. Ich bin sicher, dass Sie sich viel Lehrgeld ersparen, wenn Sie meine Ratschläge befolgen. Leicht wird das nicht! Meine wichtigste und leider auch zeitaufwändigste Devise, die ich seit der genannten Schnibbel-Erfahrung beherzige, heißt:

Kümmere Dich selber um Deine Ersparnisse!

In diesem Punkt stimme ich sogar mit Lenin überein: „Vertrauen ist gut, Kontrolle ist besser." Mit Kontrolle meine ich nicht ständige Überwachung, sondern „das Heft (die Kontrolle eben) selbst in der Hand halten". Einige Jahre später habe ich kurze Zeit nebenberuflich als Gefängnisarzt gearbeitet. Als ich dort sah, dass sogar Pfarrer, Polizisten und Notare manchmal Gesetze brechen und weswegen sie eingesperrt waren, wurde mir klar, dass es sich lohnt, seine Ersparnisse selbst zu verwalten. Das Rüstzeug dazu kann sich jeder aneignen, wenn er nur den Willen dazu hat.

1. Grundlagen für den Umgang mit Geld

Es gibt keine absolute Sicherheit

Medizin und Geldanlage haben einiges gemeinsam. Es gibt keine Sicherheit. Die Chance, dass Ihr Hausarzt im ersten Durchgang die richtige Diagnose stellt, liegt immerhin bei 80%. Mit jedem weiteren Nachforschen und mit der Erweiterung des Untersuchungs-Programmes wird die Diagnose immer präziser. Durch die Hinzuziehung von Spezialisten und mit deren ausgefeilten Möglichkeiten erhöht sich die Trefferquote weiter, aber absolute Gewissheit gibt es weder bei allen Beschwerdebildern noch bei der nachfolgenden Behandlung.

An der Börse sind die Erfolgsaussichten viel schlechter. Von den Trefferquoten der Mediziner kann ein Börsianer nur träumen.

Ein langfristiger Investor kann die 80% des Hausarztes annähernd erreichen, wenn er nicht gerade einen miesen Langfristtrend erwischt.

Ein Trader, der also mit mehr oder weniger kurzfristigen Börsengeschäften Gewinne zu erzielen versucht (mit Betonung auf „versucht"), muss mit 40% Trefferquote leben und kann damit trotzdem auf Dauer sehr erfolgreich sein. Wie das möglich ist, erfahren Sie im weiteren Text.

Eigentlich bin ich ganz cool, ich meine damit bedächtig, sorgfältig und gewissenhaft. Für eine Trader-Karriere reicht das leider nicht. Ein Trader sollte nicht nur cool sein, sondern er sollte eiskalt sein. Kaltschnäuzig, erbarmungslos, und er darf keine Nachsicht kennen. Seine einmal aufgestellten Regeln müssen ohne Rücksicht auf Gefühle und Hoffnungen eingehalten werden.

Wenn Sie das nicht schaffen, lassen Sie bitte das Kapitel Trading aus. Sie sparen sich damit große Verluste. Bleiben Sie dann lieber Investor. Erfolgreiches investieren kann man leicht lernen.

Erfolgreich kann man auch als Teilzeit-Anleger seinen Part-time-Vermögensaufbau neben Familie und Beruf betreiben.

Braucht man ein gutes Händchen? – Nein, Sie brauchen nur Grundwissen und ein Konzept.

Sie müssen sich über Ihre finanziellen Ziele klar werden und dabei realistisch Ihre Möglichkeiten (Einkommen, Spar-Rate) einschätzen. Wenn Sie mit Ihrem Bankberater über Ihre Vermögensplanung sprechen, geht das nicht ohne Darstellung Ihrer Einnahmen und Ihrer Vermögenssituation. Bei jedem Kreditvertrag geben Sie diese Dinge ja auch haargenau an.

Vermögensaufbau mit Aktien ist auch in „Teilzeit" möglich. Aber es ist kein Hobby, sondern ein zweiter Job!

Viele Leute mit anstrengendem und langem Tagesablauf haben es geschafft, zusätzlich als Anleger oder Trader erfolgreich zu sein.

Sie wollen ja nicht nur anlegen oder zocken, es soll vor allem erfolgreich sein.

Beim **Anlegen** schafft es auch von den „Nebenberuflichen" ein großer Teil, das Konto im Plus zu halten. Gratuliere, wenn Sie bisher schon erfolgreich waren und geben Sie nicht auf, wenn es noch nicht geklappt hat. Wahrscheinlich haben Sie gar nicht so viel falsch gemacht.

Unterschätzen Sie den Einfluss des Zufalls nicht! Zu bestimmten Zeiten wird jedes Grundstück steigen und fast jede Aktie läuft wie geschmiert. Aber dann ändern sich ohne Ankündigung die Kurse, manchmal schlagartig durch eine einzelne Nachricht oder durch ein zunächst unwichtiges Ereignis. Manchmal auch völlig ohne erkennbaren Grund.

Der Zufall

Im Nachhinein erscheinen alle Ereignisse weniger zufällig, als sie es in Wirklichkeit waren (Fooled by Randomness – Genarrt durch den Zufall –, Seite IX, Nassim Nicholas Taleb). Ärgern Sie sich nicht über ausgelassene Chancen.

Hätte Ihr Großvater doch 1950 das Grundstück gekauft (er hatte Mühe, die Familie zu ernähren und keine Bank hätte ihm bei 12 Mark Wochenlohn einen Kredit gewährt).

Hätte ich doch Microsoft-Aktien gekauft, es war sonnenklar, dass die zum Renner werden. In Wahrheit war es nicht klar. Microsoft war eine von vielen kleinen Klitschen, die sich alle sehr bemüht haben. Nur wenigen war der Durchbruch vergönnt. Sind Sie mal ehrlich, wahrscheinlich haben Sie den Namen Microsoft zum ersten Mal bewusst gehört, als alles schon gelaufen war.

Die Erklärungen der Experten

Glauben Sie bloß nicht den nach jeder Kursveränderung sofort folgenden Erklärungen der sogenannten Experten, Gold sei gefallen, weil Anleger die Gewinne der letzten Tage glattstellen wollten oder ähnlichen Unsinn. Der Nachrichtensprecher müsste eigentlich sagen, wir wissen nicht, warum der Goldpreis heute gefallen ist. Es gibt zu viele Marktteilnehmer. Wir wissen nicht, was die Einzelnen vorhaben, aber heute gab es eben mehr Angebot als Nachfrage, und das hat die Kurse gebremst.

Das Risiko

Je höher der erwartete (implizite) oder „versprochene" Ertrag ist, umso höher ist das Risiko der Anlage. Wäre die höher verzinsliche Anlage eine garantierte Sache, würde durch große Nachfrage ihr Preis sofort steigen und damit wieder nur den risikolosen Zins bieten. Und der kann in manchen Zeiten äußerst gering sein.

Verlassen Sie sich nicht zu sehr auf Ihre besonders gute Informationsquelle. Warum sollten ausgerechnet Ihre Informationen aktueller und zuverlässiger sein als die der Insider oder der großen Kapitalsammelstellen.

Der Vollprofi

Es gab zu allen Zeiten erfolgreiche Strategien und erfolgreiche Leute. Fast alle haben besonders viel und hart gearbeitet, sind Risiken eingegangen und hatten einfach oft Glück. Bei den Abgestürzten oder nur kurzzeitig Erfolgreichen werden Sie dieselben Eigenschaften finden, unter anderem die Risikobereitschaft, den Fleiß und die Zähigkeit.

Falls die Preise Ihres Produktes, Ihrer Immobilie oder Ihrer Aktie immer in die richtige Richtung tendieren, werden unternehmerische Fehler mehr als ausgeglichen.

Wenn der Trend gegen Ihr Produkt oder Ihre Idee läuft, werden Sie immer Gegenwind haben und sehr schwer vorankommen. Nicht jeder Erfolg ist Zufall und nicht jeder Erfolg beruht **ausschließlich** auf großartigen Leistungen.

Manchmal war der Erfolgreiche nur zur richtigen Zeit am richtigen Platz, z.B. der Torschützenkönig. Wenn es ein paar Mal gut lief, trauten ihm die Mitspieler immer mehr zu, gaben ihm noch mehr Pässe in aussichtsreichen Positionen und ermöglichten es ihm dadurch, noch mehr Tore zu schießen.

Die kontrollierte Risikobereitschaft jedes Einzelnen entscheidet meines Erachtens über dessen langfristigen Erfolg. Die Feiglinge trösten die Witwen der Tapferen. Es gibt „old or bold traders, but no old bold traders". Es gibt also alte oder kühne (und damit oft kurzzeitig spektakulär erfolgreiche) Börsen-Trader. Aber die Kühnen überleben nicht lange.

Je mehr und je größere Risiken Sie eingehen, umso wahrscheinlicher wird Ihre Erfolgs-Strähne bald abbrechen und irgendwann kommt auch der ganz große Rückschlag. Das ist kein Pessimismus, sondern ein Naturgesetz.

Die Ränder der Gauß'schen Verteilungskurve fallen weder bei natürlichen Ereignissen noch bei außerordentlichen Katastrophen gleichmäßig gegen Null und erst Recht nicht bei den Schwankungen der Börsenkurse. Gier und Panik, der Herdentrieb und alle möglichen Einflüsse verstärken den entstandenen Schub bis zur Übertreibung. Auch der nachfolgende Katzenjammer schwingt meistens wesentlich weiter als erwartet in die Gegenrichtung.

Wenn Sie lange genug an der Börse tätig sind, werden Sie auch einige *Schwarze Schwäne* erleben. So nennt man seltene Ereignisse, die man eigentlich für unmöglich hält. Beispielsweise den Absturz des Dow-Jones im Oktober 1987 um 20% an einem einzigen Tag. Der Name *Schwarzer Schwan* kommt daher, dass vor der Entdeckung Australiens in der restlichen Welt nur weiße Schwäne bekannt waren (nach Nassim Taleb, zitiert von Asamat in TMW 25. 09. 2006). Inzwischen sind natürlich alle viel schlauer und die Wahrscheinlichkeit, einen schwarzen Schwan zu treffen, ist sehr viel größer geworden.

Die Erfahrung verwischt sich im Laufe der Jahre mit den vielen alltäglichen Ereignissen und spätestens in der nächsten Generation der Marktteilnehmer werden alle Fehler der Altvorderen wiederholt, nur mit immer größeren Summen.

Aber jetzt kommt die Gelegenheit der Leute mit gutem Langzeitgedächtnis und derer, die lieber lernen und von anderen abschauen, anstatt zu viel Lehrgeld zu zahlen. Ganz ohne Schmerzensgeld und Rückschläge wird es an der Börse nie abgehen. Aber die Aufmerksamen und die Vorbereiteten werden vom Zufall bevorzugt (*Chance Prefers The Prepared*, Nassim Nicholas Taleb).

Gary Player, einer der trainingsfleißigsten Golfspieler wurde immer wegen seiner vielen Glückstreffer beim kurzen Spiel gehänselt. Bis er einmal sagte, „je mehr ich mich vorbereite und trainiere, umso öfter habe ich Glück beim Einlochen". Die Übung macht also den Meister und nicht der Zufall alleine.

Beim FC Bayern spricht man auch immer von den Duselbrüdern, die noch in der letzten Minute viele Matches für sich entscheiden konnten. Die hatten nicht nur Glück. Sie sind einfach besser trainiert, mental besser vorbereitet und auch in den letzten Minuten noch hochmotiviert, um mit 100% Einsatz alle Chancen zu nutzen. Echte Profis eben.

Ein Vollprofi wird mit meinen Weisheiten nicht viel anfangen können.

Er hat seine eigene Strategie und ist an die Vorgaben seiner Kunden, seiner Firma oder seiner Fonds-Satzung gebunden. Er muss mit hohen Beträgen jonglieren und ist immer unter Rechtfertigungsdruck. Jedes gute Abschneiden wird mit Einzahlungen seiner Kunden „bestraft" und seine Manövriermasse wird noch schwerfälliger. Er kann die Aktie von „Kleinhoppelsheimer Naturkost" nicht kaufen, weil es nur ein paar Stücke davon gibt und auch eine Verzehnfachung auf dem 100-Millionen-Euro-Konto kaum eine messbare Veränderung hervorrufen würde. Er muss jede Abschwächung der Kurse und jede Underperformance (unterdurchschnittliches Abschneiden) begründen. Und auch gute Ergebnisse (minus 3% im Vergleich zu einem um 12% schwächeren Gesamtmarkt) werden mit Geldabflüssen bestraft.

Der professionelle Verwalter steht unter enormem Druck seiner Geschäftsleitung, seiner Kollegen im Anlageausschuss und der Presse. Er wird sich irgendwann gegen seine Zwangsjacke auflehnen, sich unter Zeitdruck bei einer Orderaufgabe vertippen, aus Frust eine Regel oder eine Obergrenze missachten oder einen anderen Fehler machen. Das ist für die anderen Marktteilnehmer ein gefundenes Fressen, ein Free Lunch (ein kostenloses Frühstück). Der Profi hat trotz seiner Ausbildung, der Kontrollmechanismen und der strengen Vorgaben viel mehr Fehlermöglichkeiten als Sie.

Das ist Ihre Chance als Teilzeit-Börsianer. Der nicht den ganzen Tag am PC sitzen muss, dauernd Kurslisten durchkämmt, bei allen Nachrichten den Finger am Abzug seiner Order-Taste hat, um sofort zu reagieren. Der nicht in stundenlangen Meetings die Auswirkungen der neuesten Ereignisse auf seine Strategie diskutieren muss.

Der Teilzeit-Börsianer kann sich mit einigen festen Regeln, für die er nur gegenüber sich selbst verantwortlich ist (und natürlich, wenn er verheiratet ist, auch der Vorsitzenden seines Haushaltsausschusses), *ein ansehnliches Vermögen erwerben.*

Dafür gibt es genug Beispiele. Die Betonung liegt jedoch auf *kann.* Ohne Aufwand und Disziplin geht leider gar nichts.

Im Gegensatz zu anderen Sportarten – **ja, ich stufe *Traden* als Sportart ein!** – spielen beim Traden die Gene eine eher untergeordnete Rolle. Nur das Sucht-Gen sollte ein Trader nicht in sich haben und ein paar Tugenden braucht er leider auch noch. Ein 100m-Läufer ohne hervorragende Gene wird mit noch so viel Training höchstens Fünfter bei der Kreismeisterschaft werden und ein besessen trainierender Fußballer ohne Talent wird maximal in der Bezirksliga landen. Das sind zwar schöne persönliche Erfolge, aber für die Königsklasse wird es nie reichen.

Erfolgreiches Traden und Anlegen kann jeder lernen. Aber er muss viel Fleiß und Durchhaltevermögen mitbringen.

Traden muss man nicht, wie manche meinen, aus Gier und Habsucht. Es ist eine **intellektuelle Herausforderung** und man kann es wirklich erlernen, wie uns z.b. Richard Dennis mit seinem Turtle-Experiment in den 80er Jahren gezeigt hat. Näheres dazu später.

Beginnen wir mit dem einfacheren der beiden oben genannten Themen, mit dem Anlegen. Vorab das Zitat eines Altmeisters aus dem Schwabenländle, keines geringeren als NR aus N, der mich mit seinem Fleiß und seiner Weisheit immer sehr beeindruckt hat: **„Systematisch anlegen, das macht Sinn".**

Er hat aber immer postuliert, beim Anlegen geht's los wie überall, ohne Fleiß kein Preis. Zuerst brauchen Sie ein breites Allgemeinwissen für wirtschaftliche Dinge.

Dazu gehört auch Grundlagenwissen aus ...

- dem Arbeitsrecht,
- dem Mietrecht (unbedingt – bevor Sie Ihren ersten Mietvertrag unterschreiben),
- der Politik – Sie hat großen Einfluss auf die Wirtschaft.

Sehr wichtig für Ihre Finanzen ist ...

- das Steuerrecht,
- das Baugesetz – es ist eher für den fortgeschrittenen Investor interessant,
- auch ein bisschen Kommunalrecht gehört zum Allgemeinwissen
- und natürlich das **BGB** [1].

Stöhnen Sie jetzt wegen dieser Hausaufgaben bitte nicht laut auf, **es kommt noch schlimmer!**

Wichtig sind Kenntnisse im Versicherungswesen ...

---

[1] Meines Erachtens sollte man das Bürgerliche Gesetzbuch vor der Volljährigkeit erhalten und auch schon mal durchblättern. Ich hatte es leider erst mit 41 Jahren in Händen und auf einer Bahnfahrt nach Zürich *in einem Aufwasch ausgelesen.*

- Haftpflicht,
- Berufsunfähigkeit,
- Risikolebensversicherung,
- Tagegeldversicherung (für Freiberufler).

Auch in allgemeiner Betriebs- und Volkswirtschaftslehre (Zins-Politik) gibt es viele Dinge, mit denen man täglich konfrontiert wird.

Leider haftet nicht Ihr Anwalt oder Steuerberater für das Ergebnis Ihrer gemeinsamen Bemühungen. Sie alleine müssen es ausbaden, egal wie das Gericht entscheidet oder das Finanzamt Ihre Angaben bewertet. Und denken Sie immer daran, ein dünner Kompromiss ist besser als ein dicker Prozess. Der Steuerberater kann nur so gut sein wie Sie es zulassen. Sammeln von Belegen in einer Zigarrenkiste ist out! Nur Sie selbst wissen, welche Ausgaben und Aufwendungen Sie hatten. Wenn Sie den Unterschied zwischen Sonderausgaben und Werbungskosten kennen und die Anlage V&V schon einmal ausgefüllt haben, sind Sie für den Steuerberater ein akzeptabler Gesprächspartner. Das wird seinen Aufwand und seine Gebührennote vermindern.

Fangen Sie mal mit der Lektüre eines Einheitsmietvertrages an. Es gibt verschiedene Versionen davon. Günstige für Mieter und für Vermieter.

Das Allgemeinwissen so breit aufzustellen geht nicht von heute auf morgen, muss es auch nicht. Aber machen Sie es dann wenigstens so, wie Warren Buffett (immerhin der erfolgreichste Anleger der Welt und einer der drei reichsten Leute unseres Universums) und investieren Sie nur in Dinge, die Sie verstehen oder selbst gesehen haben. Bei der Eigentumswohnung um die Ecke ist es leicht, einen realistischen Preis zu erfahren, aber welcher Berliner weiß schon, was eine steuerbegünstigte Wohnung in Kleinostheim neben dem AKW wirklich kosten darf?

Alle Erfahrungen aus den genannten Bereichen können Ihnen helfen, teure Fehler zu vermeiden. **Nicht hohe Einnahmen machen reich,** viel schwerer ins Gewicht fallen unnütze Ausgaben oder Fehlinvestitionen.

Von 100 € Einnahmen als Angestellter bleiben Ihnen vielleicht 50% bis 75%, bei Ihrer eigenen Firma sind es je nach Kosten und Branche nur 5% bis max. 50%, minus Steuern. **Aber von 100 € an ersparten Ausgaben bleiben Ihnen 100% netto!**

Zeitmanagement

Zeitmanagement ist ein sehr bedeutender Faktor in Ihrem Alltag, **aber das Allerwichtigste** ist **der Umgang mit unseren Mitmenschen.** Nicht nur mit der Familie, den Mitarbeitern und den Klienten. Auch im Straßenverkehr und beim Zusammentreffen mit wildfremden Leuten zeigt sich der Charakter. Ich bin der Ansicht, dass man ihn schulen und verbessern kann. Als Nebenwirkung werden viele kleine positive Kontakte oder unscheinbare nette Gesten beim nächsten zufälligen Zusammentreffen ein ungeahntes Echo als Zins einbringen. Vor allem, wenn keine ökonomische Absicht mit der guten Tat verbunden war, wenn Sie ohne Eigennutz gemeint war. Der Zufall (Randomness) bringt manchmal unglaubliche Kontakte und Verbindungen zustande. Sie haben das bestimmt selbst schon erlebt. Auf dem Weg nach oben und nach unten kann man vielen Leuten ein zweites Mal begegnen. Außerdem hilft Charakter (bzw. Standfestigkeit, also ein Teil des Charakters) beim Traden.

Fit und leistungsfähig

Auch nicht unwichtig! Ein Nebenberuf erfordert hohe Leistungsbereitschaft und stellt Anforderungen an Ihre Fitness. Ihren Blutdruck und Ihren Cholesterinspiegel sollten Sie mindestens so genau kennen, wie Ihren Steuersatz. Achten Sie auf Ihr Gewicht, es sollte nicht zu sehr von Ihrem Kontostand abhängen. Treiben Sie altersentsprechenden Sport und entscheiden Sie sich früh, ob Sie ewig jung bleiben wollen oder sich diesen Stress nicht antun, dafür aber nur langsam altern wollen.

Pflegen Sie Ihr Äußeres. Gut aussehende Menschen ziehen den Erfolg an. Auch von der Natur weniger bevorzugte, aber gepflegte Menschen können sehr apart aussehen und wirken damit noch sympathischer. Das erzeugt Wohlbefinden und überträgt sich auf Ihr Umfeld und Ihr Trading.

Vergessen Sie bei all dem Renditedenken nicht das Wichtigste: **Die höchsten Zinsen erzielt man mit Freundlichkeit und guter Laune,** obwohl die Anschaffungskosten sehr gering sind. Leider weiß ich nicht mehr, von wem dieser Spruch ist, aber er würde gut zur Philosophie von Dale Carnegie passen. Könnte aber auch von Henry Ford sein, der viele gute Sprüche verfasst hat, im Alltag aber angeblich nicht danach lebte.

2. Allgemeingültige Anlageprinzipien

Bevor Sie den ersten Cent Ihres mehr oder weniger schwer verdienten Geldes an der Börse investieren, müssen Sie noch ein paar andere Dinge beachten:

Zunächst sollten Sie sich darüber im Klaren sein, dass niemand die Entwicklung an den Finanzmärkten und erst recht nicht an den Aktienmärkten voraussagen kann. Alle Analysten und Rating-Agenturen geben nur ihre augenblickliche Meinung ab, ob sie sich später bewahrheitet, wird erst die Zukunft zeigen. Die Trefferquote der genannten Spezialisten ist bekannt, gelinde gesagt sehr mittelmäßig. Es ist ja gar kein anderes Ergebnis möglich. Die meisten Menschen bevorzugen aber konkrete Anweisungen. Sie wollen sich nicht der Mühe unterziehen, eine Sache selbst zu entwickeln. In vielen Bereichen ist es sinnvoll und zeitsparend, sich auf die Erfahrung anderer zu verlassen, z.B. in der Technik oder in der Medizin. Wenn es aber ums Geld geht, sollten Sie selbst die Hand drauf halten. Der bekannte Hirnforscher Prof. Dr. Rolf Singer hat es so ausgedrückt: „Die Komplexität unserer Finanzsysteme ist die Ursache für ihre Unkalkulierbarkeit. Sie entwickeln aufgrund ihrer Verflochtenheit eine nicht-lineare Dynamik. Deshalb kann man ihre Entwicklung nicht voraussehen".

Wie soll man dann überhaupt sein persönliches Vermögen aufbauen, außer Aktien und Börsengeschäften gibt es ja noch viele andere Anlage-Arten (Asset-Klassen)**?**

Hier sind die Antworten:

- **Je nach Temperament und immer den *sleeping point* beachten** — Nur so viel riskieren, dass Sie auch noch gut schlafen und gut leben können.

- **Den Lebensabschnitt berücksichtigen** — mit 17 haben Sie andere Interessen wie mit 70.

Die im Folgenden genannten Quoten sind keine Garantie für ewigen Wohlstand. Sie resultieren lediglich aus der Erfahrung des Autors. Die Quoten gelten für das vorhandene Vermögen ebenso, wie für (möglichst regelmäßige) Spar-Raten. Halten Sie jedoch nicht starr an den Prozentsätzen fest, wenn sich wichtige Änderungen in Ihrem Leben oder bei Ihrem Einkommen ergeben.

- **Trennen Sie immer streng die einzelnen Töpfe: Asset-Klassen wie Girokonto, Sparbuch, Wertpapierkonto, eigene Firma, Immobilien, Beteiligungen.**

Nur Mieteinnahmen und **vorab festgelegte Teile des Gewinnes aus Ihrem Tradingkonto** (wenn Sie sich ein solches aufhalsen wollen, vgl. dazu später) dürfen den Immobilien-Topf bzw. das Tradingkonto verlassen und auf Ihrem allgemeinen Einnahme-Konto landen.

- **Gleichen Sie Wertpapierverluste nie durch den Verkaufserlös anderer Dinge** (Sparkonto auflösen, Auto verkaufen) **oder gar durch einen Kredit aus.**

- **Lassen Sie es nie zu einem Minus auf Ihrem Girokonto kommen** — das ist der teuerste aller Kredite.

Noch einmal für Begriffsstutzige und Hasardeure:

- **Kaufen Sie nie Wertpapiere auf Kredit!**

There are old traders and bold traders, but **there are no old bold traders.** Es gibt also alte und wagemutige Börsenspekulanten, aber es gibt keine wagemutigen Aktienspekulanten, die mit dieser Methode an der Börse alt geworden sind. Mit Kühnheit wird jedes Konto bald ruiniert sein und die Trader-Karriere ist damit zu Ende, game over! Das Spiel ist ausgespielt.

- **Geben Sie Ihre langfristigen Kapitalanlagen auch bei scheinbar übertriebenem Wertzuwachs nicht ab.**

(Bitte bei Aktien zum Thema übertriebene Kurse das Kapitel *Stop-loss* beachten.)

Nach einer Gewöhnungsphase akzeptieren die Marktteilnehmer den neuen Preis. Schauen Sie mal in eine Tabelle mit den Grundstückspreisen oder den Aktienkursen der letzten Jahrzehnte. Dann wissen Sie, was ich meine.

So könnten Ihre verschiedenen Töpfe aussehen:

Natürlich haben Sie ein Giro-Konto für Ihre Einnahmen und Ausgaben. Es darf aber weder eine Vermischung des Girokontos mit Ihren Anlagetöpfen geben, noch eine Vermischung der Töpfe untereinander.

Legen Sie nur Geld an, das Sie nicht anderweitig schon verplant haben! Die Rücklage für Ihr Auto gehört in die Spalte ganz links (Notgroschen und Rücklage). Und wenn Sie Ihr Auto auf Kredit kaufen oder sogar für Ihren Urlaub einen Kredit aufnehmen, werden wir beide nie in unserer Grundeinstellung übereinstimmen.

Dann ist meine Methode für Sie völlig ungeeignet.

Beim Traden wird ein Kredit für Ihr Konto tödlich sein! Sie werden damit Haus und Hof verlieren.

Mein einziger Rat für Sie ist dann: Der erste Verlust ist der kleinste. Schreiben Sie die Kosten für dieses Büchlein ab. Schenken Sie es einem Spießer in Ihrem Bekanntenkreis, der so brav ist, dass jede Schwiegermutter von ihm träumt. Oder noch besser, wenn Sie es ihm nicht gönnen, dass er erfolgreicher wird als Sie, werfen Sie dieses doofe, besserwisserische und konservative Geschreibsel auf den Müll.

Hüten Sie sich vor einem Vorschuss an das Aktienkonto oder für einen anderen der aufgeführten Töpfe, „weil die Kurse gerade so günstig sind".

Mit **Tipps** und Prognosen für die Zukunft sollte man sich zurückhalten. Tipps für die Vergangenheit sind mir lieber, da liegt meine Trefferquote höher, und nicht einmal da schaffe ich 100%. Wenn Sie Tipps erhalten, müssen diese laufend upgedatet werden. Und wer gibt Ihnen die Garantie, dass es wirklich Insider-Tipps sind? Wenn ja, können Sie sich strafbar machen. Wenn es die üblichen Infos aus dritter Quelle sind, können Sie diese gleich vergessen. Und Hand aufs Herz, sind Sie wirklich so weit oben, dass Sie alles als Erster serviert bekommen?

Wenn Sie selber Tipps geben und Ihre Prognose nicht eintrifft, haben Sie eventuell einen Freund weniger.

Verluste zu vermeiden ist mindestens so lukrativ wie Gewinne zu machen (vgl. oben). Kaufen Sie deshalb **keine Steuermodelle**. Die „weichen" Kosten (Anlaufkosten, Vermittler, aufgeblähte Eigenprovisionen) machen oft 20% oder 25% des investierten Kapitals aus. Wenn Sie also 25.000 Ihrer 100.000 von der Steuer abschreiben können, denken Sie daran, das Finanzamt gibt Ihnen davon höchstens 42% plus Kirchensteuer plus Soli zurück. Den größten Teil zahlen Sie also selbst.

Ich gebe Ihnen gerne eine Quittung über 1.000 € für schlaue Ratschläge, die Sie von der Steuer absetzen können, Sie haben dann höchstens 48% Steuervorteil, aber der Tausender ist futsch. Ich habe die restlichen 52%.

Wenn Sie beim eingangs genannten 25%-Kosten-Modell mit Ihren 75% Rest wieder ins Plus kommen wollen, müssen Sie 33% (von 75% bis 100%) aufholen und dazu noch die jährlichen Betriebskosten Ihres Steuermodells erwirtschaften. Ich behaupte, Ihre Chancen für eine gute Rendite stehen schlecht. Wenn Sie gar meinen, Ihre Verlustzuweisung sei ja über 100%, dann sollten Sie schnell nachrechnen. Wenn Sie auf Ihre 100.000 € zunächst nur 12.500 € einzahlen, haben Sie mit 25.000 € Verlust im ersten Jahr 200% Ihres Einsatzes an Steuerabschreibung, und mit unseriösen Tricks schafft es der Initiator, dass er die Kosten weiter aufbauscht (die Sie zahlen werden), so dass Sie vom Finanzamt im ersten Jahr mehr als Ihre eingesetzten 12.500 € zurück erhalten.

Aber irgendwann müssen Sie den Rest auf 100.000 € auffüllen. Dann geht es daran, die 25.000 € an „weichen" Kosten aufzuholen. Das wird schwer bis unmöglich. Nur zwei Drittel der Einlagen in offene Immobilienfonds fließen an die Anleger zurück. Wenn es schon bei Immobilien so schwer ist, können Sie sich vorstellen, wie es bei Schiffs-, Wind-, und sonstigen geschlossenen Fonds aussieht. Außerdem werden diese vom zuständigen Aufsichtsamt (BaFin) nur in Bezug auf die Einhaltung der Formvorschriften überwacht. Eigentlich ein Witz, aber es ist wirklich so.

Natürlich gibt es seriöse Initiatoren und sehr lukrative Beteiligungen. Aber es ist wie bei den Kursen und beim Wetter, man weiß es erst nachher und ein guter Track Record (gute Ergebnisse in der Vergangenheit) sind kein Beweis für das Gelingen künftiger Objekte.

Noch ein Wort zu den Schnellschüssen am Jahresende, um auf den letzten Drücker Steuervorteile zu erhaschen: Bei Ihrer Waschmaschine prüfen Sie auch verschiedene Angebote, bevor Sie sich entscheiden. Ihr Bauherrenmodell in „jwd" (Berliner Umgangssprache *„janz weit draußen"*) haben Sie ohne Besichtigung nach Prospekt vom Wohnzimmer aus gekauft und Zehntausende Euro in den Sand gesetzt. Ist das die Art, wie Sie auch künftig Ihr sauer verdientes Geld verwalten und verbraten wollen?

Und, mal ehrlich, es ist wie bei den anderen heißen Tipps. Wenn jemand ein Supergeschäft an der Hand hat, warum macht er es nicht alleine oder warum finanziert es ihm seine Bank nicht? Warum holt er ausgerechnet Sie mit ins Boot? Die Amerikaner sagen zu solchen Beteiligungen gerne „Foolish German Money" (dummes Geld aus Deutschland). Warum schreiten die Aufsichtsbehörden nicht ein? Aus dem selben Grund, aus dem auch die Polizei erst nachher eingreift – man kann erst eingreifen, nachdem etwas passiert ist.

• Gehen Sie allen **geschlossenen Fonds** aus dem Weg. In der Regel kommen Sie viele Jahre lang nicht mehr an Ihr Geld, auch wenn Sie es dringend brauchen. Am Gebrauchtmarkt für Beteiligungen wird wenig umgesetzt, und wenn, dann mit sehr großen Preisabschlägen. Ansonsten gelten die selben Argumente wie bei Steuersparmodellen. Es gibt einzelne, die hervorragend gelaufen sind, aber eine Garantie gibt es nicht. Höchstens die Garantie einer 50.000 Euro-GmbH für ein 100-Millionen-Objekt. Auf solche Garantien können Sie getrost verzichten.

• **Immobilienfonds** halte ich generell für problematisch, und zwar nicht erst seit der jüngsten Krise mit Auszahlungs-Stopp und Kursabschreibungen. Schon in den 80-er Jahren habe ich mich in meinen Monatsbriefen und in den 90-er Jahren im Gunia-Wirtschafts-Informationsdienst „der Informationsfinder" sehr skeptisch geäußert. Auf lange Sicht ist es nun tatsächlich auch hier zum *Schwarzen Schwan* gekommen (das seltene Ereignis, das so unwahrscheinlich erscheint, dass niemand wirklich damit rechnet). Die Preise von Immobilien sind eben noch nie Tagespreise gewesen und zu manchen Zeiten ist es schwer bis unmöglich, eine Immobilie schnell abzustoßen. Wenn nun viele Fonds Ihre Objekte verkaufen müssen, weil die Kunden Ihr Geld haben wollen, was passiert dann? War das so schwer vorherzusagen? – Ich bin nicht gegen alle „anderen Anlageformen". Im Gegenteil.

• Streuung ist ein **MUSS**. Aber nicht „ver-"streuen. Sie werden in den folgenden Ausführungen sicher auch Assets (in diesem Zusammenhang meine ich damit Anlage-Arten) finden, mit denen Sie sich anfreunden können oder die Sie bereits besitzen.

Wenn Sie mit einem konservativen Banking nichts am Hut hätten, wären Ihnen meine bisherigen Seiten schon längst auf die Nerven gegangen. Dann hätten Sie auch das Buch „Millionär in drei Monaten mit Optionen" oder „ Keiner tradet wie ich" im Tausendsassa-Verlag bestellt und schon längst angefangen, Ihr Konto zu verkleinern. Sie haben sich aber für die geduldige Variante entschieden. Anders geht es nicht, oder nur bei wenigen Glückspilzen, aber auch dann nicht dauerhaft. Sie wissen ja, es gibt „..No Old Bold Traders...".

Wenn Sie also dem Chaos in Ihren Finanzen abschwören wollen, oder in ein solides Konzept ein paar weitere Elemente zu Ihrem Vorteil einbauen wollen, dann werden Sie sicher weiterlesen. Es wird viel Zeit kosten, aber Ihnen auch viel (Lehr-) Geld ersparen.

Aufbauphase
Nur wer anlegt, kann später auch abheben.
Trennen Sie die Töpfe ganz strikt!

Notgroschen	Wertpapiere		Immobilien	Sonstiges
und Rücklage	Festverzinsliche oder Aktien		Ansparverträge	z.B. Sammlungen
z.B. für Anschaffungen	z.B. Zinsbriefe oder Pfandbriefe	z.B. ETFs oder Einzelaktien	Girokonto immer im Plus führen	
10% - 20%	10% - 30%	10% -30%	50% - 75%	0% - 20%

Tabelle 1

Die Prozentsätze beziehen sich auf den Rest in Ihrer Haushaltskasse am Monatsende, also den Anteil am wirklich verfügbaren Netto-Einkommen. Bitte auch die Steuer einplanen!

Erläuterung: Ein ETF ist ein börsennotierter Fonds, der einen gewünschten Börsenindex abbildet. Weil er ungefähr wie der Index (z.B. beim DAX mit 30 deutschen Standardaktien) zusammengesetzt ist, sind die Gebühren deutlich niedriger als bei den aktiv verwalteten Fonds.

Anker werfen – privat und beruflich

Erstes großes Ziel: Die selbst bewohnte Immobilie

Dieser Kauf muss nicht streng Rendite orientiert sein. Neben dem Geldbeutel bestimmen Komfort, Unkündbarkeit, Altersvorsorge und emotionale Faktoren die Art des Objektes.

Notgroschen	Wertpapiere		Immobilien	Sonstiges
und Rücklage	Festverzinsliche oder Aktien		Ansparverträge	z.B. Sammlungen
extra Tilgung			Kredite stückeln	eigene Firma?
10% - 20%	0% - 30%	10% - 50%	20% - 75%	0% - 80%

Tabelle 2

Erntephase

Zweites großes Ziel: Schuldenfrei in den Ruhestand

Keine Geldanlage kann Ihnen garantieren, dass sie über die gesamte Laufzeit mehr einbringt als Ihr Kredit kostet.

Notgroschen	Wertpapiere		Immobilien	Sonstige, z.B.
und Rücklage	Festverzinsliche oder Aktien		Ansparverträge	Sammlungen
Für günstige Gelegenheiten	Zins ist Zusatz-Einkommen	Stolzer Besitzer	Kein Reparatur-Stau	gilt auch für die eigene Firma
5% - 25%	10% - 30%	10% - 30%	25% - 75%	maximal 50%

Tabelle 3

Goldene Regeln

- Kaufen Sie nichts allein deshalb, weil Sie es von der Steuer absetzen können. Auch wenn das Finanzamt Ihnen 40% zurückzahlt, die „restlichen" 60% und oft noch viel mehr haben Sie selbst am Hals.

- Können Sie wirklich alle Darlehensraten auch langfristig aufbringen? Eine Hypothek läuft ca. 25 Jahre. Bei 1% Tilgung bleiben Ihnen je nach Zinssatz nach 10 Jahren noch stattliche 85% Restschuld. Erst in den letzten Jahren geht es schneller voran.

- Hüten Sie sich vor heißen Tipps und vertraulichen Ratschlägen.

- Legen Sie nie alle Eier in einen Korb. Auch in der eigenen Firma können Sie nur bis zu einer gewissen Größe (fast) alles überblicken.

- Blühende Branchen und kraftstrotzende Gesellschaften sind schon untergegangen.

- Trennen Sie also streng das Firmen- vom Privatvermögen!

- Übersehen Sie nie den Punkt, an dem die Verwaltungsarbeit und die Sorge um den Erhalt größer wird, als die Freude an Ihrem Besitz.

3. Anlegen in Aktien

Jetzt sind wir endlich beim Anlegen in Aktien.

Ihre Geduld hat sich gelohnt.

Niemals Aktienkäufe auf Kredit!

Am Anfang will ich den Heißspornen, die immer noch glauben, dass Sie mit Aktien auf jeden Fall schnell reich werden, ein bisschen Wind aus den Segeln nehmen. Mit Aktien kann man leider auch viel Geld verlieren. Am schnellsten geht es mit Aktienkauf auf Pump. Mit Aktienkäufen auf Kredit wurden schon große Vermögen verloren. Aktien und Kredit , das ist nur etwas für unverbesserliche Hasardeure oder Profis, die alles aufs Spiel setzen (am liebsten mit fremdem Geld, da tut verlieren nicht so weh).

Es gab schon so miese Jahre, dass erst eine halbe Generation später die Kurse wieder den Einstandspreis erreicht haben. Dazu passt auch der Spruch, „wer in einem Monat reich werden will, der wird in einem Jahr hängen". Nur mit langem Atem, Geduld und einer zum Ego passenden Strategie können Sie als Anleger erfolgreich sein. Gut geführte Firmen wachsen stetig und verdienen prächtig. Mit Aktien kann man ohne großen Aufwand (der Kauf der Aktie genügt) daran teilhaben. Aktien bringen über die Jahre hinweg gute Renditen.

Die fundamentale Entwicklung spiegelt sich aber oft erst mit großer Verzögerung in den Kursen wieder. Irrationale Dinge, Panik und wilde Käufe können zu Kursveränderungen führen, die schwer zu erklären sind und nichts mit dem Geschäftsverlauf der betroffenen Firmen zu tun haben.

Ist etwa Siemens 10% mehr oder weniger wert, wenn Oskar Lafontaine als Finanzminister zurücktritt (damals stieg der DAX an einem Tag mehr als manchmal in einem ganzen Jahr), wenn Kuwait besetzt oder der Diskontsatz verändert wird?

Auch wenn es manchmal die erwähnte lange Durststrecke gibt, durch die Jahre mit steigenden Kursen und durch Dividenden (Gewinn-ausschüttungen) werden Sie wahrscheinlich auch in Zukunft mit Aktien langfristig gut abschneiden. Die jährlichen Dividenden machen bei vielen Standardpapieren mehrere Prozent pro Jahr auf das einge-setzte Kapital aus. Zur Zeit zahlen viele Firmen mehr Dividende als die Hausbanken für Festgeldanlagen bieten. Allerdings besteht beim Festgeld kein Kursrisiko.

Schmerzhafte Selbstversuche sollten Sie anderen überlassen. Kaufen Sie lieber als Daueranlage Aktien von Firmen, deren Produkte Sie kennen und die Sie als nachhaltig einschätzen. Lesen Sie Berichte über die ausgewählten Firmen und fragen Sie Ihren Bankberater, was er davon hält. Viele Banker sind gut ausgebildet und haben ein breites Wissen. Schaumschläger, die im Voraus Kursentwicklungen erkennen, werden Sie im persönlichen Gespräch schnell erkennen. Wenn es jemanden mit einer dauerhaften Trefferquote von deutlich über 50% gäbe, würde er sich bestimmt nur noch um sein eigenes Konto kümmern.

Wenn bei einer 50%-igen Trefferquote vier Leute eine Prognose abgeben,

- wird einer zweimal in Folge richtig liegen,
- bei 8 Leuten wird es einer dreimal schaffen,
- bei 1.024 Propheten wird einer zehnmal in Folge richtig liegen, der ist aber nicht zwingend der Klügste.

Denken Sie immer an dieses Beispiel, wenn Sie mal eine Glücks-strähne haben.

- Werden Sie also nicht übermütig, wenn Sie ein paar Mal in Folge richtig liegen.
- Es liegt nicht nur an Ihrer Klugheit!
- Ihre derzeitige Strategie passt nur zufällig zur derzeitigen Börsen-lage.
- Es ist nicht Ihr Können, es ist der Trend, der Sie mitspült.

- Verzweifeln Sie auch nicht bei einer Pechsträhne. Kalkulieren Sie diese von Anfang an mit ein. Ihre Einsätze müssen so bemessen sein, dass kein Ereignis Ihr Konto zu stark dezimieren kann: Stichwort „Positionsgrößenbestimmung".
- Nehmen Sie aussichtsreiche Länder und zukunftsreiche Branchen dazu.

Wählen Sie Themenfonds mit niedrigen Gebühren. Das sind in erster Linie ETFs (Exchange Traded Funds). Das sind Fonds, die wie Aktien an der Börse notiert und nicht aktiv verwaltet werden, sondern möglichst exakt den Index abbilden. Deshalb ist die Gebührenbelastung relativ gering, z.b. jährlich unter ¼ Prozent des Fondsvermögens. Andere Fonds haben einen riesigen Verwaltungsapparat, der nicht selten pro Jahr 1,5% des Vermögens verschlingt.

ETFs sparen sich Versuche, den Index zu übertreffen. Sie bilden ihn einfach annähernd 1 : 1 ab. **Bei einem „normalen" Fonds mit 1,5% Gebühren** muss der Fonds-Manager also zuerst diese 1,5% aufholen. Und das gegen die besten Trader der Welt, die um dieselben deals mit ihm ringen, die am besten informierten Kreise und die gierigsten Hyänen der Finanzszene. Es ist also klar, dass nur der kleinere Teil der Verwalter am Jahresende den Index übertreffen kann.

Die Summe der weltweit von allen Fondsgesellschaften verdienten Gebühren belief sich 2010 auf ca. 1 Billion Euro (1,3 Trillionen Dollar, die Amerikaner zählen nicht Million, Milliarde, Billion, Billiarde, Trillion, Trilliarde, sondern springen von Million auf Billion, dann Trillion. Dadurch kommen manche Missverständnisse zustande).

Wenn Sie Aktien direkt kaufen können und nicht über den Umweg eines Fonds, sparen Sie jedes Jahr die Verwaltungs-Gebühren. Diese 1,5% bis 2% können Sie nicht von Ihrem Kontoauszug ablesen. Sie sind nämlich im Preis Ihres Fonds versteckt. Aber Sie können dieses Geld selbst verdienen, wenn Sie z.B. mit Ihrem Depot alles dem Fonds nachmachen. So viel Geld haben Sie aber nicht. Deshalb sollten Sie sich 8 bis 12 Kategorien von Aktien aussuchen, die Sie für zukunftsträchtig halten.

Sehr wichtig ist die Frage nach den Gebühren für An- und Verkauf. Bei Aktien kommen noch die Kosten für die Depotführung hinzu. Letztere Depotgebühr entfällt bei den meisten Direktbanken. Das kann Ihnen pro Jahr 0,3% vom Depotwert ersparen. In zehn Jahren also 3%. Das machen Sie locker mit ihren Gewinnen wieder wett?

Hoffentlich täuschen Sie sich da nicht. Ich bin seit 1970 mit meiner Bank vor Ort gut gefahren. Deshalb überlasse ich diesen Vorteil von 3% meiner Hausbank als Gegenleistung für die langjährige, persönliche Betreuung. Ohne Personal gibt es keinen Service mehr. Und ohne Einnahmen gibt es kein Personal. Gerade die Banken mit einem konservativen Geschäftsmodell, ohne Risikogeschäfte und waghalsige Spekulationen, haben noch Zweigstellen und Ansprechpartner für uns Kunden. Und manche Dinge muss man auch bei noch so guten Kenntnissen der Materie mit einem Fachmann besprechen. Der kostet jedoch Geld.

Von 3.000 €, die Sie künftig für die Börse übrig haben, gehören 2.000 auf ein Dauer-Anlagekonto und 1.000 auf das Trading-Konto, falls Sie entscheiden, Anleger und Trader zu werden.

Für das Dauerdepot wird gekauft und (fast) nie mehr verkauft. Für den Hedgefonds-Manager mag *buy and hold* eine überholte Methode sein. Ich habe damit gute Erfahrung gemacht und setze auf ein breites Portfolio mit einer Mischung aus kleinen und großen Firmen, deren Geschäftsidee mir schlüssig erscheint. Ich habe nicht die Research-Methoden eines Warren Buffett und habe weder Zeit noch Quellen, die mir den Zugang zur CANSLIM-Methode verschaffen.

Canslim ist die Abkürzung für eine von William J. O'Neil entwickelte Analyse-Methode für Aktien. Genial, aber als Einzelperson braucht man Monate um sich alle von Billy Boy geforderten Informationen zu beschaffen. Ein diversifiziertes Depot nach dieser Methode zusammenzustellen, bei allem Respekt, mein ganzes Leben möchte ich nicht mit Nachforschungen verbringen. Sogar dann hege ich noch Zweifel, ob ich die Infos wirklich erhalten könnte.

Das ist der verkürzte Inhalt der ...

C A N S L I M - Methode

C	**Current Quarterly Earnings**	Quartalsgewinne
A	**Annual Earnings**	Jahresgewinne
N	**New Products**	Neue Produkte
S	**Supply**	genug Börsennachfrage & möglichst kleine Zahl an umlaufenden Aktien
L	**Leader**	Marktführer und überdurchschnittliche Kursentwicklung
I	**Institutional Sponsorship**	finden die großen Kapitalsammelstellen die Aktie interessant?
M	**Market Direction**	Läuft der Aktienmarkt zur Zeit richtig, d.h. „bergauf"?

Wenn jemand Ihnen dazu rät, eine Aktie erst dann zu verkaufen, wenn die Bewertung unangemessen hoch ist oder der Trend gedreht hat, dann vergessen Sie diesen Rat. Ihr Tippgeber wird nicht klingeln, wenn es so weit ist. Weil es niemand vorher weiß! Nur nachher wissen es alle.

Für ein Langfrist-Depot ist der O'Neil-SL (Stoploss) von 12% viel zu eng. Da werden Sie auch bei Standardpapieren mindestens 2 mal pro Jahr aus der Position geworfen. Ich würde den Stopp bei 40% unter dem letzten Höchstkurs ansetzen. Dann werden Sie zwar bei Cisco, Nokia und Apple fast die Hälfte Ihres ursprünglichen Gewinnes wieder abgeben, aber bei der vorangegangenen Vervielfachung sind Sie mitgeritten und nicht nach +50% schon ausgestiegen, weil Sie sich an den neuen Höchstkurs noch nicht gewöhnt hatten.

Vergessen Sie nicht, **alle Kurse sind möglich**. Lassen Sie die großen Gewinne nicht aus, weil es Ihnen in der Schwindel erregenden Höhe unheimlich wird. Die Übertreibungen nach oben sind ein Teil des Spieles. Und keiner weiß „wie hoch ist zu hoch".

Ich werde auch nie mehr den Fehler machen, zu kaufen, wenn es mir günstig erscheint. **Ich habe nämlich, ebenso wie die Mehrheit**

aller Investoren, keine Ahnung, wann es günstig ist. „Kaufen Sie nicht Ihre Meinung über den Markt, sondern was Ihnen der Markt sagt" (nach Dr. van Tharp).

Wenn Sie einen Zehn-Bagger (Verzehnfachung) erwischt haben (bei 50 Titeln und vielen kleinen Firmen ist das schon mal drin), dann ist die Auslösung des SL nach 40% Verlust zwar schmerzhaft, aber eine Versechsfachung ist Ihnen geblieben. Wenn Sie bei Nokia und Cisco den Aufstieg und den Abstieg ohne SL voll mitgemacht haben, liegt Ihr Restgewinn bei +/- Null.

Beispiel für das Aktien-Depot eines Langfrist-Investors

Auto	VW Vz	Tata	Hyundai	Byd
Pharma	Pfizer	Bayer	Ranbaxy	Novo Nordisk
Große US	IBM	United Health	Nike	Fluor
Kleine EU	Geberit	Sto	Gagfah	Sulzer
Technology	Olympus	Sonovo	Schaltbau	Toshiba
Dienstleister	Watson	Republic Serv	Zhong De	Animal Health
Exoten	Stirol	Brazil Fund	Gazprom	Indonesia Fund
Kleine BRD	Wincor	Geratherm	Gesco	Patrizia
BioTech	Vertex	Co. Don	Morphosys	Paion
Rohstoffe	BHP	Newmont	Conoco	Outokumpu
Asien	China Light	Samsung	Thai Fund	Satyam
Fonds	Agricultural	Ecologic	Water	Rohstoffe

Tabelle 4

Nehmen Sie sich Zeit für die Auswahl der Kategorien!

Ich habe vor 43 Jahren mit zwei Kategorien und jeweils nur einer Aktie begonnen. Es waren GM (General Motors) und Siemens. Aber ich hatte nur Geld für diese beiden und eine Sparrate von Null bis 20 DM pro Monat durch kleine Gelegenheitsjobs. Niemals hätte ich damals gedacht, dass General Motors einmal pleite gehen könnte.

Trotzdem ist es passiert, auch wenn die Aktie erst kürzlich wieder-belebt wurde.

Eines meiner großen Vorbilder, K. K. hat damals zu mir gesagt: „Man braucht nur den Kurs von GM anschauen, dann weiß man, was an der US-Börse los ist." Damals gab es für den Normalsterblichen nur stark verzögerte Kurs-Infos. Ein altes Chartheft vom US-Broker Bache (damals gab es in München schon eine Zweigstelle, in der Nähe der Staatsbibliothek) und eine kleine Infobroschüre der Volksbank waren damals meine Analysewerkzeuge. Von Streuung hatte nicht mal der freundliche Zweigstellenleiter meiner Hausbank (damals wie heute die Volksbank / Raiffeisenbank) eine Ahnung. Wer wusste, was ein KGV ist, der war schon ein Experte.

Mit *Learning by Doing* habe ich nach und nach so ziemlich alle Fehler gemacht, die möglich waren. Manche sogar mehrfach. Trotz-dem habe ich bei allen Höhen und Tiefen immer einen gewissen Teil meines Einkommens in Aktien gesteckt und damit auf Dauer ganz ordentlich abgeschnitten. Eines der Zauberwörter heißt **Cost-Aver-aging**. Zocker missachten diese Gelddruckmaschine. Aber für Lang-fristanleger ist sie eine wertvolle Konto-Aufbesserung.

Sogar ein ehrwürdiger Index wie der DAX schwankt manchmal beträchtlich. Alleine in den letzten 10 Jahren von 8.000 zurück auf 2.200, wieder rauf und wieder runter. Am 29.4.2011 stand er erst-mals wieder über 7.500. **Nach über 10 Jahren!** Haben also die DAX-Investoren 10 Jahre lang nichts verdient?

Wenn Sie vor 10 Jahren 8.000 € als Einmalbetrag in den DAX inves-tiert haben, sind daraus grob geschätzt und je nach Steuersatz 2% p.a. an Dividenden auf Ihr Konto geflossen. Das entspricht also jährlich. ca. 1.600 € abzüglich 500 € Kursverlust. Bleiben 1.100 €, al-so 1,1% pro Jahr. Das ist sehr mager. Aber Sie hatten ja breit gestreut. Andere Teile Ihres Depots sind noch schwächer gelaufen und einige Renner waren auch dabei, deshalb ist die Bilanz etwas besser als 1,1%.

Bisher habe ich den **Cost-Averaging-Effekt** nur erwähnt, aber nicht genauer beleuchtet. Nehmen wir an, Sie legen seit dem Jahr 2.000 monatlich 25 € auf Ihr Aktien-Dauer-Depot und kaufen nur den DAX.

Zur Vereinfachung nehmen wir weiterhin an, Sie hätten alle 2 Jahre für 600 € gekauft.

Am letzten Tag des Jahres 2000 kauften Sie beim ungünstigsten DAX von 8.000 (höchster Stand). Sie erhielten für Ihre 600 Euro:
600 : 8.000 = 0,075 Anteile.

In den nächsten geraden Jahren wurde immer zum Ende Dezember gekauft, also:

Jahr	Dax-Stand	Sie erhielten für 600 €	Anteile
2000	8.000 DM	600 /8.000 DM	0,075
2002	4.000	600 /4.000 €	0,150
2004	3.500	600 /3.500 €	0,171
2006	5.000	600 /5.000 €	0,120
2008	7.000	600 /7.000 €	0,086
2010	6.000	600 /6.000 €	0,100
2011	7.500	600 /7.500 €	0,080
2000 bis 2011			0,782 Summe

Tabelle 5

Insgesamt sind Sie jetzt mit 7 mal 600 € Einsatz (gesamt 4.200 €) stolzer Besitzer von 0,782 Anteilen im Wert von je 7.500 €, also 0,782 mal 7.500 = **5.865 €**   DAX-Stand am 29.4.2011: **7.500**

Eingesetzt hatten Sie obige 4.200€, somit beträgt Ihr Zuwachs 39,6% in 10½ Jahren. In Wirklichkeit haben Sie ja nicht alle 3.600 € über 10 Jahre eingesetzt, sondern nur die ersten 600 €.

Die durchschnittliche Einsatzzeit war deshalb nur halb so lang. Ihr Ergebnis sieht also noch besser aus, nämlich 2 x 39,6%. Dividenden haben Sie auch noch erhalten. Wahrscheinlich wesentlich mehr, als Ihre Kontoführungskosten ausmachten. Ihr Gewinn bei einem Konto mit monatlichen Einzahlungen lag also trotz DAX-Rückgang von 8.000

auf 7.500 bei mehr als 100% in 10½ Jahren, bezogen auf Ihren effektiven Geldeinsatz.

Hätten Sie nicht nur den DAX im Depot, sondern mehrere Einzel-werte, die zum Teil wesentlich stärker als der DAX schwankten, dann wäre der Cost-Averaging-Effekt noch mehr zu Ihren Gunsten ausge-fallen. Bei meiner Rechnung habe ich nicht einmal die günstigsten Einstiegspunkte ausgesucht und ein monatlicher Investor hätte noch viel besser abgeschnitten. Der scheinbare Zaubertrick dieser Methode ist, dass bei gleichen Kaufeinheiten zum halben Kurs doppelt so viele Anteile erworben werden. **Der Kurs allerdings muss zum Schluss höher stehen als der von Ihnen bezahlte Durchschnittspreis,** sonst funktioniert die Methode nicht.

Was ich Ihnen verschwiegen habe, weil ich nur ein einziges Beispiel darstellte: Wenn die Kurse nur sinken und sich nie wieder erholen, haben Sie kräftig Miese erzielt. Aber auch dann hat die Anspar-methode einen Vorteil im Vergleich zur Einmalanlage am Anfang des Berechnungszeitraumes. Sie haben bei einem Kursrückgang von 10 auf 6 im Durchschnitt nur einen Kurs von ca. 8 bezahlt, also nur 20% verloren. Der Einmalanleger läge 40% hinten.

Also ein bisschen Mathematik brauchen Sie schon, um an der Börse zu agieren bzw. die Ergebnisse richtig zu interpretieren. (Übrigens, noch bevor ich mit diesem Buch ganz fertig war, stand der DAX nur noch bei 5.200, nämlich am 9. 9. 2011. Nachdem Siemens & Co aus meiner Sicht noch genauso wertvoll sind wie vor zwei Monaten, sehe ich hier gute Chancen für einen günstigen Kauf).

Nicht unerwähnt darf bleiben, dass der Einmalanleger bei dauernd steigenden Kursen wesentlich besser als der Dauersparer abschnei-det. Aber wer hat schon den Betrag gleich verfügbar, wenn er neu anfängt?

Genauso wichtig wie die Entscheidung über eine Investition in Fonds oder Aktien ist die Entscheidung über die depotführende Bank. **Eine Hausbank brauchen Sie auf jeden Fall.** Für Ihr Gehaltskonto, um den einen oder anderen Rat zu erhalten und vielleicht um Ihre Immo-bilie zu finanzieren. Aber Ihr Aktienberater müssen Sie bei meiner

Methode weitgehend selber werden. Der Banker kann Ihnen bei der Auswahl behilflich sein, aber entscheiden müssen Sie alleine.

Zurück zur **Streuung** – auch Diversifikation genannt. **James Tobin** (Wirtschafts-Nobelpreisträger) nannte das so: "Do Not Put All Eggs in One Basket", also legen Sie nicht alle Eier in einen Korb. Das gilt auch für Ihr Depot, verteilen Sie Ihre Aktien auf ...

- verschiedene Branchen,
- große und kleine Firmen,
- Zukunftsaktien – oder auch in grenzenlosem Optimismus *Wachstumswerte* genannt,
- alteingesessene Technologien,
- inländische und ausländische Werte,
- Nischenanbieter und Weltmarktführer,
- konservative und exotische Papiere,
- **aber gewichten Sie alle gleich!**

Ich teile nicht die Ansicht mancher Experten, dass Depots mit mehr als 8 oder höchstens 12 Titeln zuviel Schrott enthalten. Wenn jemand vorher wüsste, was Schrott wird, könnte er alles auf das beste Pferd setzen. Und vielleicht sind in Zukunft die Schrottpreise besonders hoch? Mit 12 verschiedenen Werten können Sie die Weltwirtschaft nie abbilden.

Genauer gesagt, auch mit tausend Firmen gelingt es nicht ganz. Aber Sie dürfen auch nicht von einer Branche oder von einem Land nur ein einziges Papier auswählen. Es könnten ausgerechnet die Absteiger Karstadt oder Nokia sein, GM oder eine Island Pippifax-Bank. Dann würden Sie bei einem 12er Depot bald die Freude verlieren. Zu diesem Thema wurde schon sehr viel geschrieben, googeln Sie mal oder fragen Sie im TMW-Chat nach. Dort finden Sie viele Anregungen. Im Zweifel machen Sie bitte die Einheiten klein und streuen Sie breit. Es wird sich auszahlen.

Wie groß sollte die einzelne Anlage-Einheit sein?

So klein wie möglich! – Schließlich können Sie nicht jeden Monat eine Einheit à 4.000 € kaufen. Wie lange brauchen Sie, bis Sie 5.000 €

brutto verdient haben, bis Sie netto 3.000 € übrig haben, und bis Sie endlich 3.000 € auf Ihr Börsenkonto einzahlen können?

Ich kaufe auf meinem Dauerkonto in 500-Euro-Einheiten. Jedes Mal, wenn auf dem Konto wieder 500 € beisammen sind (durch Einzahlungen und allmählich auch durch die anwachsenden Dividenden), wird eingekauft.

Ihr Banker wird bei derart kleinen Anlageeinheiten die Hände über dem Kopf zusammen schlagen. Das sollte Ihnen aber egal sein.

Schauen Sie sich noch mal die von Ihnen ausgewählten Kategorien an. Bei meinem Beispiel geht es los mit Auto-Aktien. In der ersten Zeile stehen die Vorzugsaktien von VW. Das ist unsere erste Anlage-Einheit. Der Kurs steht heute (29. 4. 2011) bei 133. Es können also 3 Aktien für insgesamt 399 € plus Gebühren oder 4 für 532 € gekauft werden. Der Betrag, der näher bei 500 liegt, wird gewählt. Heute also Kauf-Order über 4 VW Vz (Vorzugsaktien) bestens. Weil der Kauf laut Plan fällig ist, geben wir kein Limit ein. Zur Daueranlage passen keine Limits. Wenn wir den Kaufkurs z.B. auf 130 limitieren wollen, kann es passieren, dass wir die Aktie nie erhalten, weil uns der Kurs davonläuft. Außerdem gleicht sich auf lange Sicht das Risiko aus. Manchmal ist der nächste Kurs etwas höher, manchmal niedriger.

Den **Spread-Nachteil** hat der Käufer immer (der Verkäufer auch). Bei Aktien mit großen Umsätzen ist diese Spanne gering, bei exotischen Aktien oder bei geringen Umsätzen kann diese Differenz einige Prozent vom Kurswert ausmachen. Dann ist ein Ein- /Ausstieg mit Limit sinnvoll, damit man nicht abgezockt wird. Mit Spread ist in diesem Zusammenhang die Differenz zwischen Angebots- und Nachfragekurs gemeint. Der Käufer muss den höheren Ask /Angebotskurs bezahlen, der Verkäufer erhält den etwas niedrigeren Bid- /Nachfrage-Kurs. In unserem Beispiel mit den VW Vorzügen könnten die Bid /Ask (Nachfrage- /Angebots) -Kurse bei 132,90 /133,10 stehen. Der Spread beträgt also 0,20 €. Wenn es jetzt keine weiteren Marktteilnehmer gäbe und keiner der beiden nachgeben würde, käme kein Kurs zustande. Der Makler, bzw. heutzutage das elektronische System der betreffenden Börse, vergleicht die Zahl der Bid und Ask Gebote und matcht (*matchen* bedeutet: zur Kursbildung zusammen führen) die zwei Parteien mit gleichem (Bid- /Ask) -Kurs, bei denen der höchste Umsatz zustande kommt. Viele Papiere werden fortlaufend gehandelt, d.h. immer wenn Käufer und Verkäufer den gleichen Preis bieten, wird wieder ein Kurs festgestellt. In hektischen Zeiten kann es bei hohem Volumen in einer Sekunde Hunderte(!) von Abschlüssen geben. Immer in der Reihenfolge:

- Wo gibt es den größten Umsatz?
- Welcher Auftrag war zuerst da?
- Wer hat einen „billigst- (Kauf zum nächsten Kurs, egal wie hoch) oder bestens- (Verkauf zum nächsten Kurs, egal wie tief) Auftrag abgegeben?

Zurück zum Anlage-Konto. Wenn wir wieder 500 Piepen auf dem Konto haben, kommt Kategorie 2 dran, also Pharma. In der ersten Zeile steht Pfizer (Viagra für Ihr Depot; den Spruch kennen Sie schon). Die nächsten 500 € gehen in Kategorie 3, hier ist IBM dran. Wenn die erste Zeile durchgekauft ist, geht es in die zweite Zeile. Also erst Tata, dann Bayer, dann United Health etc. Sie und Ihr Geldbeutel bestimmen die Zeilenzahl. Wenn Sie die ganze Tabelle durch sind, geht es links oben wieder von vorne an.

Lag beim ersten Kaufdurchgang der Gesamtpreis über 500 €, dann steht diesmal ein kleinerer Betrag zur Verfügung. Beim VW-Kauf hatten wir die 500 € incl. ca. 12 € Gebühren um 44 € (500 und 32 und 12) überzogen, damit stehen beim zweiten VW-Durchgang nur 500 minus 44 = 456 € zur Verfügung. Warum werden alle Papiere beim Einkauf gleich gewichtet? Sie wissen es schon, wegen des Cost-Averaging–Effektes. Bei gleichen Kaufeinheiten wird der Durchschnittskurs besser als das arithmetische Mittel.

Um den Überblick zu behalten, wird für jede Aktien-Art ein **Kaufblatt** geführt.

Text des Kaufblattes (Trading-Sheet)

Kauf am 29.4.2011 + 4 VW Vz, Gesamtbestand jetzt auch 4, Kauf zu 133 € plus 12 € Gebühr, also 544 gesamt, deshalb ist die Kaufeinheit um 44 € überzogen.

Wenn Sie ein bisschen abkürzen, passt der Text locker in eine Zeile.

Also K 4 St. ad gesamt 4 St. am 29.04.11

zu 133 € für 544 € = - 44 € ad 1 AE von 500 €.

Dazu steht auf jedem meiner **Kaufblätter** als Überschrift der Wertpapier-Name und die WKN (Wertpapierkenn-Nummer, mit der Sie das Papier unmissverständlich identifizieren können und auch in Ihrer Kaufmaske beim Homebanking eingeben können).

Gerade bei großen Firmen gibt es verschiedene Aktien-Kategorien, zum Beispiel:

- Stammaktien,
- Vorzugsaktien (oft ohne Stimmrecht, dafür mit höherer Dividende)
- vinkulierte Aktien (oft mit Mehrfach-Stimmrecht, z.B. für die Gründerfamilie),
- ADR's, American Depository Receipts, das sind von Banken ausgegebene Zertifikate mit dem Anrecht auf 1/5 oder 3 bzw. 5 Aktien einer in den USA nicht notierten Aktie. Die Firma erspart sich damit die teure, volle Börsenzulassung. Der ADR-Kurs läuft absolut parallel zum Kurs der Aktie an ihrer Heimatbörse.

Die Rolle der Gebühren

Bei einem Kaufauftrag über 500 € wird Ihr Banker nicht begeistert sein. Die Mindestgebühr beträgt vielleicht 12, evtl. aber auch 20 oder 30 €. Das ist wirklich viel für einen so kleinen Kauf. Aber die Bank hat damit nicht weniger Aufwand, als bei einer großen Order. 10 bis 12 € Mindestgebühr pro Auftrag können Sie akzeptieren. Das sind gut 2% vom Kaufpreis. Als einmaligen Spesenbeitrag für eine Daueranlage über viele Jahre ist das akzeptabel.

Fragen Sie aber unbedingt auch nach den Depotgebühren. Die „normalen" Banken verlangen mehrere Promille vom Kontowert für die Verwahrung Ihrer Wertpapiere. Für Auslandswerte kann es noch teurer werden. 0,3% pro Jahr sind akzeptabel. Bei Ihrer Hausbank bekommen Sie dafür im Laufe der Jahre, im Gegensatz zu einer

Direktbank ohne Filialen und ohne Geldautomat, viele Ratschläge und Dienstleistungen, nicht nur bezüglich Aktien.

Bei einer Direktbank gibt es in der Regel keine Depotgebühren. Hier wird alles per Internet-Banking abgewickelt. Einen Schalter gibt es dort nicht. Nur eine Telefon-Hotline, eine Fax-Verbindung oder die Auftragserteilung per PC.

Ausschließlich mit PC (plus Telefonkontakt mit einer sehr kompetenten Hotline für Fragen aller Art) geht es für Trading-Profis bei Ihrem Broker /Kontoführenden Institut. Eine Spitzenadresse mit fast unschlagbaren Gebühren (4 € beim Aktienkauf, bei US-Papieren zum Teil noch günstiger), perfekten Charts und vielen Ordermöglichkeiten. Eine Broker-Adresse ist ein MUSS für das Tradingkonto (siehe später). Das Anmeldeformular mit ca. zwei Dutzend Seiten in englischer Sprache ist aber nicht einfach. Auch die Ordereingabe muss man zunächst üben. Ich musste trotzdem oft bei der Hotline anrufen, bis ich die Grundzüge kapiert hatte. Aufpassen beim Telefonieren! Evtl. müssen Sie an Ihrem Telefon auf „Tonnachwahl" umstellen, sonst kommen Sie bei der ausländischen Nummer nicht durch.

Der Kauf einer Aktie

Bei Ihrem Broker /Kontoführenden Institut erachte ich, wenn Sie die genannten Nachteile in Kauf nehmen können, wegen der günstigen Gebühren auch eine Kaufeinheit von 250 € oder 300 € für ein Dauer-anlagekonto für sinnvoll. Bei 3.000 € möglichem Jahreseinsatz für das Dauerkonto ist es ein gewaltiger Unterschied, ob Sie damit einmal oder zehnmal pro Jahr auf Einkaufstour gehen können und ob Sie 3 oder 10 Jahre brauchen, bis Sie alle Titel mindestens einmal durchgekauft haben. Natürlich ist für Sie (ebenso wie oben erwähnt, bei der Bank /bei Ihrem Broker) der Arbeitsaufwand beim Kauf einer kleinen Einheit genauso groß wie bei einem 100.000 Euro-Deal.

Bei einer Direkt-Bank müssen Sie vorher (z.B. über die Börsenseite im Internet) die Wertpapier-Kenn-Nummer (WKN) der Aktie oder des Fonds suchen.

Bei Ihrem Broker /Kontoführenden Institut können Sie über den Namen der gesuchten Firma /Ware das Börsenkürzel aufrufen. Nach der Eingabe /Bestätigung des Kürzels sehen Sie den Kurs und sind in der Lage, Ihre Stückzahl auszurechnen.

Vorsicht bei der Ordereingabe, mancher hat sich schon vertippt und zehnmal so viel gekauft, wie er wollte.

Bei Direktbanken und bei Ihrem Kontoführenden Institut wird vor der endgültigen Auftragsannahme noch der Gesamtwert des Auftrages angezeigt. Wenn Sie Ihr Konto mit dem neuen Auftrag überziehen würden, wird der Auftrag abgelehnt.

Einen Kreditrahmen sollten Sie sich auf keinen Fall einräumen lassen, weil Sie damit den Grundstein für Ihren Ruin legen (vgl. diverse Beispiele im bisherigen und folgenden Text).

Wie ist bei einer Kapitalerhöhung einer Aktie in Ihrem Dauerkonto zu verfahren? Ganz einfach. Die betreffende Firma steht sehr wahrscheinlich nicht als nächste auf der Kaufliste. Und weil wir alle Einkäufe gleich gewichten wollen, werden die Bezugsrechte immer sofort verkauft. Meistens brauchen Sie der Bank gar keine Weisung erteilen, weil die Spitzen am Ende der Bezugsfrist automatisch verkauft werden. Damit sinkt der Wert dieser Position leicht (um den Bezugsrechtserlös), dafür haben Sie den Gegenwert (abzüglich Verkaufsgebühren) in bar auf Ihrem Konto. Bei einer 500-Euro–Position sind 40 € oder 60 € Differenz zu vernachlässigen.

Wenn die Kapitalerhöhung eine große Position betrifft, also der Erlös aus dem Bezugsrecht (Bz, auf dem Kurszettel Ihrer Tageszeitung steht am Tag des Bz-Abschlages „ex Bz"). etwa einer Kaufeinheit oder einem Vielfachen davon entspricht, sollten Sie „Operation Blanche" wählen. Damit Ihr Bestand durch den Bezugsrechteabschlag nicht zu stark in der Depot-Gewichtung sinkt, können Sie einfach den Bar-Erlös zum Kauf junger Aktien einsetzen. Wenn Sie ein Profi sind, können Sie auch berechnen, wie hoch der Erlös sein wird, und durch Ausübung der entsprechenden Zahl an Bezugsrechten (oft ist der Bezug kostengünstiger als der Kauf über die Börse) Kosten sparen. Diese Kosten spielen beim Dauer-Anlagekonto nicht die größte Rolle, aber *Kleinvieh macht auch Mist* und ersparte Kosten sind zu 100%

Ihr Vorteil (siehe weiter oben, bei der steuerlichen Betrachtung von Kosten und Einnahmen).

Ähnlich wie beim Bezugsrecht /Bz, heißt es beim Dividendenabschlag „ex Div". Um den Dividendenabschlag wird dann der Kurs gekürzt, weil das Geld ja von der Firma weg geflossen ist, hin zum Aktionär.

Value Investing — Teil 1

Anlegen nach Fundamental-Daten
Nach der Methode von Benjamin Graham?
Oder nach Warren Buffett?

Haben Sie auch einen so großen Research-Apparat wie WB? (Research heißt hier: Analyse der Umsatz- und Gewinnentwicklung von Unternehmen, deren Aktien für Ihr Konto in Frage kommen, vgl. CANSLIM-Methode). Sicher nicht! Sie sind kein Buffett, deshalb müssen Sie seine Dogmen auf Ihr Ego und Ihre Möglichkeiten zuschneiden.

Die meisten Anleger haben keine Chance, die Qualität des Managements oder die Gewinnentwicklung von Aktien zu beurteilen. Trösten Sie sich, die meisten Analysten auch nicht (meine Meinung).

Wenn Sie der Chef eines 5-Mann-Supermarktes sind, können Sie am Abend den Kassenbestand feststellen, aber nicht, wie viel geklaut wurde, nicht exakt, wie viel Ware verdorben oder verfallen ist und erst recht nicht, wie der Kundenandrang in den nächsten drei Tagen sein wird.

Wie will dann der Analyst einen Supermarkt mit 800 Zweigstellen einschätzen?

Verlassen Sie sich bei der Auswahl Ihrer Aktien auf den eigenen Verstand und nicht auf die Vorschläge von Analysten.

Der Kauf eines Fonds

Wenn Sie einen börsennotierten, also offenen Fonds kaufen, bitte nie direkt über die KAG (Kapitalanlagegesellschaft, das ist die Initiatorin des Fonds). Dort zahlen Sie mehrere Prozent Ankaufgebühr. Über die Börse Stuttgart oder Frankfurt geht das wesentlich günstiger.

Bei Ihrem Broker /Kontoführenden Institut müssen Sie allerdings für die Darstellung der aktuellen Kurse ohne Zeitverzögerung (Realtime-Kurse) ein Abonnement abschließen. Manche Kurse gibt es kostenlos. Für non-professionals, also z.b. für Sie als nebenberuflichen Investor, liegen die Abonnements für gängige Kurse oder Indices im Bereich von 1 € bis etwa 20 € pro Monat. Einige Abonnements gibt es kostenlos. Außerdem ist bei Ihrem Broker /Kontoführenden Institut die übliche Kommission (anderes Wort für Kauf- oder Verkaufsgebühr) für Fonds ähnlich niedrig wie bei Aktien. Sie brauchen aber für den ersten Kauf einen Mindestkontostand von 10.000 $ oder den entsprechenden Gegenwert in Euro. Für den Junior unter 21 Jahren genügen 3.000 $ als Erstausstattung. Später können Sie wieder einen Teil abheben (das ist etwas umständlich und kostet einige Euro pro Transaktion, wobei oft eine Abhebung pro Kalendermonat kostenlos ist). Auch bei Kursrückgängen auf unter 10.000 $ bzw. 3.000 $ können Sie weitermachen, solange mindestens 2.000 US-Dollar auf dem Konto verbleiben. Wenn Ihr Konto allmählich größer wird und eine Vielzahl von Aktien enthält, wird es manchmal vorkommen, dass eine Firma aus Ihrem Depotbestand ein Übernahmeangebot erhält. Das ist meistens eine feine Sache, weil die Kurse des Übernahme-Kandidaten sofort um 20, 30 oder noch mehr Prozent anspringen. Bei manchen Übernahmen kann man nicht wählen, ob man die Aktien behalten oder verkaufen will. Dann kommt halt frisches Geld in die Kasse. Oft reicht der Erlös aus, um gleich mehrere Kandidaten zu je 500 € aus der Anlage-Liste zu kaufen.

Schauen Sie vor dem Kauf eines Fonds in seinem Porträt (z.B. auf der Börsenseite Ihrer Hausbank) immer nach, wie hoch die diversen jährlichen Verwaltungsgebühren sind. Diese werden im Kurs eingepreist, sie sind also nicht sofort zu erkennen. Erst über die Jahre hinweg werden Sie merken, dass die meisten Fonds hinter der **Benchmark** (dem Vergleichsmaßstab, also dem DAX im Vergleich zu einem Fonds mit deutschen Standard-Aktien) nachhinken, weil sich eben 1,2 bis 1,8% Management-Gebühr in 10 Jahren auf ca. 15% summieren.

Das Research (vgl. oben, die mühselige und mit vielen Unsicherheiten belastete Analysearbeit, die zur Kaufentscheidung führt) eines Fonds werden Sie mit den ersparten 15% nicht hinkriegen. Aber Sie wissen ja, was ich von Research halte. Besser ist es, selber die Augen und Ohren aufzumachen und bestimmte Trends zu erkennen. Wenn Ihnen die Beschäftigung mit erfolgreichen Produkten Spaß macht, werden Sie im Alltag und in Zeitschriften, in Geschäften und im Fernsehen viele Dinge entdecken, die Zukunft haben. Was liegt näher, als auch den Kurs der Herstelleraktie anzuschauen?

Also, entweder machen Sie sich eigene Gedanken zu interessanten Firmen und Branchen und versuchen selbst, mit Aktien auf der Basis Ihres gesunden Menschenverstandes ein Vermögen aufzubauen, oder Sie leben weiter wie bisher, glücklich, sorgenfrei und bescheiden, ohne wesentliche Löffelziele (= bevor Sie den Löffel abgeben). Für die breite Masse ist das die bessere Alternative.

Wenn Sie jedoch fleißig, neugierig und wissbegierig sind, haben Sie einen riesigen Vorsprung vor *Otto Lethargo*.

Das größer werdende Depot

Ich möchte noch einmal auf die Zusammenstellung Ihres Depots eingehen. Wählen Sie nicht zu viele Big Caps (hochkapitalisierte Firmen, also mit hohem Börsenwert, oft auch Blue Chips genannt) aus. Firmen mit über 100 Mrd oder gar 200 Mrd Euro Börsenwert können nicht mehr so stark wachsen wie Small Caps (kleine Firmen) oder Mid Caps (mittelgroße Gesellschaften). Nehmen Sie aus jeder Größenordnung einen Anteil. Wenn Sie frech und jung sind, werden Sie weniger Blue Chips (s.o., Standardpapiere) aussuchen. Wenn Sie schon ein älteres Semester mit großem Depot sind, werden vielleicht hohe Dividenden eine größere Rolle spielen als die Zukunftsaussichten.

Sollten alle Titel dauernd im Depot bleiben?

... oder muss man sich von aussterbenden Branchen trennen? Auch Dinosaurier wie Preußag haben mit einem völlig neuen Geschäftsmodell einen Start in die Zukunft eingeleitet. Ob der Neuanfang erfolgreich wird, ist eine andere Frage. Nokia hat sich von Gummistiefeln auf Handys umgestellt und seinen Anteilseignern riesige Gewinne beschert. Inzwischen hat Nokia seine einstige Vormachtstellung verloren und ist im Kurs sehr stark zurückgefallen.

Der Stoploss (SL)-Auftrag im Aktien-Dauer-Depot

oder „Die Absturzversicherung"

Vorsicht mit den Kursraketen! Sie können genauso schnell wieder abstürzen. Mancher 10-bagger (Verzehnfachung des Kurses) ist wieder zu seinem Ausgangswert zurückgekommen. Schade, wenn man wie das Kaninchen auf die Schlange (Kursrückgang) geschaut und bis zuletzt auf die Erholung gehofft hat.

Deshalb gehört auch ins Dauerkonto zu jedem Titel ein Stoploss-Auftrag. Wenn sich der Kurs nicht so entwickelt wie geplant, bitte gnadenlos raus. 10% oder 20% kann auch eine Daimler- oder Siemens-Aktie zurückgehen. Deshalb ist im Dauerdepot nur ein Katastrophen-Stop nötig. Den setze ich mit 40% vom bisherigen Höchstkurs an. Sie werden jetzt schockiert sein und tief durchatmen. Danach sollten Sie gleich wieder weiterlesen.

Erst bei 40% Rückgang im Vergleich zum letzten Höchstkurs ist meine Geduld mit einer Aktie im **Dauerdepot** zu Ende. Bei 40% liegt meine Schmerzgrenze und damit auch der Stoploss, mehr ist zu viel!

Ein gewisser Spielraum für Kursschwankungen muss immer drin sein. Bei einem **Spekulationskonto** wird der SL viel enger sein. Die Gründe dafür erfahren Sie später im Kapitel „Trading".

Wenn ein 10-bagger (Verzehnfachung des Kurses) zum 6-bagger zurückfällt, muss er raus, weil er 40% verloren hat. Vielleicht erholt er sich wieder, dann hatte ich Pech. Wenn er aber auf den Ausgangspunkt seines Aufstieges zurückfällt, und ich unterwegs nicht längst ausgestiegen bin, dann habe ich etwas Grundlegendes falsch gemacht.

Ein *Stoploss* ist oft bis zum Jahresende gültig. Dann verfällt er wie alle Auftragsvariationen bei Aktien automatisch. Verfällt er schon eher, z.B. bei jeder Dividendenzahlung oder einer Kapitalerhöhung, müssen Sie die Order neu eingeben.

Am 1. Januar des neuen Jahres haben Sie also immer die Fleißaufgabe zu erledigen und müssen wieder alle Stopps und sonstigen Aufträge mit der längstmöglichen Laufzeit eingeben. Die depotführende Bank teilt Ihnen aber mit, wenn Aufträge auslaufen. Bei vielen Banken oder Brokern kann man bei jedem Auftrag kostenlose Trailing Stops einfügen. (Ein Trailer ist ein Anhänger, der dem Auto in einem festen Abstand nachläuft.)

Wenn Sie bei Ihrem Broker /Kontoführenden Institut neben dem Auftrag "Trail 40%" eingeben oder bei der selben Aktie mit derzeit 12,5 Euro-Kurs "Trail 5 amt" ("amt" steht für Amount, also Betrag) eingeben, wünschen Sie eine Glattstellung Ihrer Position (Verkauf), wenn der Kurs entgegen Ihren Erwartungen von 12,50 € um 5 € bzw. 40% vom bisherigen Höchstkurs zurückfällt.

Wenn Minus 40% erreicht sind, wird der Auftrag vom Computersystem der betroffenen Börse sofort geändert in „Ausführung bestens" und die Aktie wird zum nächsten gehandelten Kurs verkauft. Bei kleinen Rückgängen von z.b. 8% passiert Ihrer Aktie also noch nichts.

Beim Anstieg Ihrer Auserwählten passt der Computer das SL-Limit mit jeder Kurssteigerung auf den Abstand zum bisherigen Höchstkurs an. Bei einem Rückgang bleibt der Stopp bestehen. Das ist sehr sinnvoll. Sie wollen ja bei steigenden Kursen einen Teil Ihrer Gewinne absichern und andererseits nicht bei einem sinkenden Schiff den SL so lange erweitern, bis Sie gar nichts mehr rauskriegen. Bei einem Anstieg von 12,5 auf 20 zieht deshalb das System den Anfangs-SL von 12,5 minus 40% = 7,5 € auf 20 minus 40% = 12 € hoch. Bei einem Kurs-Rückgang von 20 zurück nach Süden (abwärts) bleibt der SL bei 20 minus Trail-Betrag stehen.

Ein Trailing-SL mit einem festen Betrag (statt in Prozent vom letzten Höchstkurs) von 5 € wäre beim Kursrückgang von 12,5 auf 7,5 ebenfalls bei 7,5 ausgelöst worden, beim Anstieg von 12,5 auf 20 wäre er auf 15 € nachgezogen worden.

Wird als SL ein fester Kurs ohne Trail-Auftrag eingegeben, bei obigem Beispiel also ein Stopp-Kurs von 7,5 € bei einem Einstieg (entry) zu

12,5, zieht der Computer den SL bei steigenden Preisen nicht mit. Sie müssen ihn dann per Hand von Zeit zu Zeit anpassen. Sollte der Kurs nach Ihrem Einstieg nur fallen, müssen Sie den SL unverändert stehen lassen, Begründung: siehe oben.

Vorsicht bei besonders schlechten Nachrichten! Dann wird manchmal der Kurs für eine gewisse Zeit ausgesetzt und der nächste erzielbare Preis ist vielleicht ein Bruchteil Ihres geplanten SL-Kurses. Da hilft nur eines, wenn es nach Pleite riecht, sofort und ganz aussteigen. Der erste Verlust ist dann meistens der kleinste.

Eine per Stopp rausgeworfene Position wird aus der Dauerliste entfernt. Das ist aber das einzige Rauswurf-Kriterium.

Mit zunehmendem Umfang des Depots werden Sie neue Branchen, neue Themen oder besonders aussichtsreiche Papiere ins Depot nehmen wollen. Inzwischen haben Sie die anderen Aktien vielleicht alle schon 4 mal gekauft. In diesem Fall eröffnen Sie am besten eine neue Kategorie „Bisher nur einmal gekauft". Dann muss man die neuen Aktien in dieser Spalte nicht gleich auf 4 Einheiten auffüllen. In die neue Spalte kommen naturgemäß nur neu aufgenommene Aktien, bei denen der erste Kauf-Durchgang noch ansteht.

Die Gewichtung

Nach Fusionen kann es vorkommen, dass die Übernahme mit Aktien bezahlt wird. Wenn Sie beide (Übernehmenden und Übernommenen) im Depot haben, sind Sie nach der Transaktion in der neuen Gemeinschaftsfirma überinvestiert. Das ist egal. Allerdings wird dann die neue Firma nur jedes zweite Mal gekauft und nicht jedes Mal, wenn sie wieder an der Reihe wäre.

Für den Fall, dass eine Aktie so stark steigt, dass sie 5 mal so hoch gewichtet ist wie der Durchschnitt (im 20.000 Euro-Depot mit 20 verschiedenen Titeln liegt der Durchschnitt bei 1.000 €. Ab 5.000 € ist ein Papier 5 mal so stark gewichtet wie der Durchschnitt), dann tritt eine Sonderregel in Kraft: Mehr als fünffach gewichtete Positionen werden mit einem 25%-Trailing-Stop abgesichert. Sofort abbauen würde ich eine so stark gestiegen Aktie nie. Sie hat besondere Stärke bewiesen und wird viel wahrscheinlicher weiter erfolgreich sein, als abstürzen. Die Schwankungen bei solchen Überfliegern sind aber besonders groß. Und weil jeder Kurs möglich ist, gilt den großen Klumpen auch größere Aufmerksamkeit. Deshalb weiterlaufen lassen und mit moderatem Stopp absichern. Wegen der Schwere der Position wähle ich aber 25% statt meiner üblichen 40% als SL, damit der absolute Betrag in Euro nicht zu riesig wird.

Der vorher (im Kapitel „Absturzversicherung") genannte 10-bagger wird wahrscheinlich nach seinem steilen Anstieg auch über fünffach gewichtet sein. Deshalb erhält er ebenfalls einen 25%-Trailing-Stoploss statt 40%. Sie werden es erleben, in einem breit gestreuten Depot gibt es immer wieder diese Verzehnfacher. Ich wünsche Ihnen viele davon, aber sichern Sie diese Perlen gut ab.

Ein risikoloses Steuersparmodell

In schlechten Börsenzeiten kann man von den Verlusten einen Teil **vom Finanzamt zurückholen**. Seit Einführung der Abgeltungssteuer (1.1.2009) dürfen Verluste aus Kapitalvermögen nur noch mit positiven Einkünften aus Kapitalvermögen verrechnet werden.

Daraus lässt sich ein kleines Steuersparmodell basteln. Wenn eine Position nach dem 1.1.09 gekauft wurde und deutlich im Minus liegt, z.B. über 400 €, rentiert sich der Verkauf zur Realisierung des Verlustes. Die gleiche Stückzahl wird zeitnah zurück gekauft. Die Finanzämter sahen das früher als Gestaltungsmissbrauch an. Heutzutage ist das meines Erachtens legal. Sie zahlen zwar zweimal ca. 12,5 € an Gebühren für Verkauf und Rückkauf, haben aber 400 € plus Verkaufsspesen als Verlustvortrag zur Verrechnung mit künftigen Gewinnen.

Wenn Sie mit einem anderen oder auch dem selben Konto (wie geschrieben, gilt das nur für nach dem 1.1.2009 angeschaffte Papiere) 425 € Spekulationsgewinn gemacht haben, werden die beiden Beträge gegeneinander verrechnet und der Gewinn bleibt steuerfrei. Falls Sie keine Gewinne realisieren konnten, sind die nächsten 425 € Dividenden-Einnahme steuerfrei. Bei 25% Abgeltungssatz haben Sie im erwähnten Beispiel immerhin 106,25 € minus Verkaufs-Spesen, also gut 90 € an Steuern gespart. Bei einem großen Depot kann mit diesen Verkauf- /Rückkauf-Aktionen einiges an Zusatzrendite zusammenkommen.

Von der Direktbank bekommen Sie nicht die von Ihrer Hausbank gewöhnten Kontoauszüge, sondern nur am Tag nach einem Kauf oder Verkauf eine Abrechnung und einmal pro Quartal einen Gesamtauszug mit allen Buchungen. Darin enthalten sind der Depotbestand, alle Kaufpreise mit Zuwachs oder Verlust etc. Anhand dieses Quartalsauszuges kann man leicht prüfen, ob ein Verkauf- /Rückkauf-Kandidat dabei ist. Sie müssen aber auch noch den Anschaffungstag nachsehen, der steht nicht im aktuellen Quartalsauszug, aber auf Ihrem selbst aufgezeichneten **Kaufblatt**, in dem Sie alle Erwerbe notieren.

Ich habe Freude an der Erstellung einer Rennliste, d.h. wie viel das Depot im Quartal gestiegen oder gesunken ist (zwischenzeitliche Einzahlungen /Abhebungen berücksichtigen!). Es ist interessant, wie stark über die Jahre hinweg auch die Quartalsschwankungen ausfallen. Aus Freude am sportlichen Wettkampf erstelle ich zusätzlich jedes Quartal eine Liste mit den 10 schwersten Titeln (Kurs x Stückzahl = Positionswert, wird von der Bank ausgewiesen). Ich sehe sofort, ob ein Kandidat mehr als fünffach gewichtet ist. Leider ist das ein sehr seltenes Ereignis.

Gehören auch Festverzinsliche ins Depot?

Sollte man zur Verstetigung der Rendite Pfandbriefe beimischen? Ich halte es so: Wenn die Zinsen historisch hoch sind, erhält man Pfandbriefe billig. Wenn die Zinsen wieder fallen, kann man die Papiere zu hohen Kursen verkaufen. Aber wie hoch ist hoch? Meiner Meinung nach sind die Zinsen in Deutschland im historischen Vergleich hoch, wenn die 10-jährige Bundesanleihe mit mindestens 6% rentiert. Für diesen Fall wird jede zweite Anlageeinheit in 6%-ige Bundesanleihen investiert.

Wenn die Zinsen noch höher steigen, warte ich bis zur Fälligkeit der Papiere – sie werden dann zum Nominalwert ausbezahlt. Wenn die Zinsen fallen, verkaufe ich beim Pfandbriefkurs von 120. Lag der Kurs der 6%-Bundesanleihe nie über 120, verkaufe ich bei 110, sobald die

Restlaufzeit unter 5 Jahre fällt. Ansonsten warte ich auch hier die Fälligkeit ab.

Abhebungen vom Dauerkonto sind nur erlaubt ...

- **Zur Nutzung einer einmaligen Chance, etwa zum Erwerb des Nachbargrundstücks,**

- **zur Rückzahlung aller Schulden beim Eintritt in den Ruhestand,**

- **zur Auszahlung der Erbschaft an die Kinder** („schenke einen Teil mit warmer Hand, bleib beim Großteil Herr im Haus". Sinnvoll ist eine Beachtung der 10-Jahres-Regel bei Schenkungen – fragen Sie Ihren Steuerberater!).

- **Wenn trotz hohem Aktien-KGV die 10-jährige Bundesanleihe über 8% rentiert.**

Ein hohes KGV liegt nach meiner Erfahrung vor, wenn dieser Wert für den Durchschnitt der 30 DAX-Mitglieder im Bereich zwischen 15 und 20 liegt. Derzeit (Ende September 2011) steht der DAX bei 5.200 und sein KGV weist den historisch gesehen sehr niedrigen Wert von 9 auf.

Die Verzinsung durch die Ausschüttungen (Dividenden) der DAX-Titel liegt bei über 4%. Wenn die DAX-Firmen ihre Gewinne und damit auch die Ausschüttungen wegen schlechter werdender Geschäftslage nicht auf dem aktuellen Niveau halten können, sinkt die Dividenden-Rendite und das KGV steigt. Weil viele Groß-Anleger dies befürchten, wird trotz der jetzt sehr günstig erscheinenden Bewertungen nicht gekauft.

KGV heißt Kurs-Gewinn-Verhältnis und wird auch PE-Ratio /Price-Earning-Ratio genannt. Diese Kennzahl ergibt sich aus der Teilung des aktuellen Kurses durch den derzeitigen Jahresgewinn.

Zukunftsträchtige Papiere mit erwarteten (impliziten) hohen Gewinnsteigerungsraten haben ein hohes KGV.

„Langweiligere" Papiere notieren oft mit einem KGV unter 10.

Wenn Ihre Aktie eine PE von 3 aufweist, ist sie scheinbar besonders günstig. Doch Vorsicht, möglicherweise steht eine Viertelung des

Jahresgewinnes ins Haus. Dann schnellt die PE auf 12 hoch und der Kurs ist für die betreffende Branche nicht mehr günstig.

Eine mit 8% rentierende (Rendite = Yield) 6%-ige Bundesanleihe mit einem Kurs von 90 hätte nach obiger Formel ein KGV von 90 : 6 =15.

Sie bietet einen festen Zins von 6% jährlich und durch den Kurs unter pari (unter dem ursprünglichen Ausgabe-Kurs von 100) kommt bis zum Einlösungs-Tag der Anleihe ein weiterer Vorteil von 10 € hinzu.

5 x 6 € Zinszahlung plus 10 € Kursgewinn von jetzt 90 bis zum garantierten Einlösungskurs von 100 (am Ende der Laufzeit wird der Nominalwert in Höhe der genannten 100 € zurückbezahlt), das ergibt 40 € Profit. Bezogen auf die letzten 5 Jahre ihrer Laufzeit sind das 40 € durch 5 Jahre, also 8% pro Jahr.

Bei einer Rest-Laufzeit von nur noch 2 Jahren bis zum Ablauf /zur „Einlösung" und einem Kurs von 110 ergäbe sich eine Rendite von zweimal 6 € Ausschüttung minus 10 € Kursverlust, also 2 € für 2 Jahre, das sind magere 1%.

(Zu Pfandbriefen und Obligationen sagt man auch Rentenpapiere. Ich weiß nicht, ob dieser Ausdruck von „Rendite" abgeleitet ist, oder ob er von den regelmäßig wie eine Rente zufließenden Zinserträgen kommt.)

Sie können noch ein persönliches Kriterium für Abhebungen hinzufügen, aber wirklich nur eines!

Jeder Kurs ist möglich!

Manche Baisse-Märkte finden scheinbar keinen Boden. **Manche Bullenmärkte** (der Bulle ist an der Börse das Symbol für eine Aufwärtsbewegung. Mit den Hörnern fährt er unter sein Ziel und schleudert es nach oben. Der Bär ist das Gegenstück. Mit seinen riesigen und gefürchteten Tatzen schlägt er mit großer Kraft alles nach unten und verursacht eine Baisse) kennen scheinbar nur den Himmel als Grenze. Denken Sie also nicht zu viel nach, reiten Sie auf der Welle weiter, passen Sie einfach ihren SL und Ihr Ziel immer dem Trend an.

Wenn die Kurse von Traditionskonzernen wie AEG, Karstadt oder General Motors immer weiter sinken, muss irgendwann die Reißleine gezogen werden (vgl. Anlagekonto, dort liegt der SL bei 40% Rückgang im Vergleich zum bisherigen Höchstkurs). Alle drei genannten Giganten gingen pleite. Die Großaktionäre bei Karstadt haben zuletzt sogar bei fallenden Kursen immer wieder aufgestockt (ein unerfahrener Trader würde sagen, er habe seinen Einstandskurs verbilligt) und sich damit ruiniert.

Auch andere Milliardäre haben bestimmte Regeln nicht beachtet, z.B. mit Leerverkäufen gegen den Trend. VW-Aktien waren mit 300 € für den objektiven Betrachter viel zu teuer. Trotzdem stieg der VW-Kurs weiter in völlig irreale Höhen. Der *Short Squeeze* (durch ungünstigen Verlauf eines Leerverkaufs eingequetscht in eine aussichtslose Situation) gegen Adolf Merckle hat zum unglaublichen VW-Kurs von 1.000€ geführt. Einfach weil keine Stücke mehr im Umlauf waren, die man zum Verkaufen ausleihen konnte. Jeder Verkäufer muss am Ende der sehr kurzen Leihfrist seine zum Leerverkauf ausgeliehenen Stücke (VW-Aktien) sofort und ohne Widerrede zurückgeben. Er muss sie schleunigst zurückkaufen oder von einem Besitzer leihen. Das geht auf einem ausgetrockneten Markt nur zähneknirschend unter Akzeptanz von Mondpreisen. Deshalb stieg VW bis auf 1.000 €. Der sonst so bescheidene, bedächtige und kühl kalkulierende „Billionaire" (die Amerikaner sagen Billion statt Milliarde) Merckle hat nicht bemerkt oder auch nur zugelassen, dass seine Vermögensverwalter **gegen den Trend** und ohne realistisches Money-Management (Positionsgrößenbestimmung /Dr. van Tharp) handeln und damit **die beiden wichtigsten Grundregeln** brechen. Was jahrelang in normalen Zeiten erfolgreich war, wurde mit einem einzigen *Schwarzen Schwan* ausgelöscht. Einmal 100% Minus reicht zur Pleite, auch wenn vorher mehrfach 100% Plus erzielt wurden.

Noch ein Rat: Verwalten Sie nie fremdes Geld, auch kein Gemeinschaftskonto!

Ein Verwalter wird nur reich, wenn er sehr hohe Gebühren verlangt oder einen großen Kundenstamm von seiner alten Firma mitnimmt. Beides ist nicht Jedermanns Sache. Die Alternative ist: Viel Geld für

Werbung ausgeben und hohe Fixkosten auf sich nehmen. Außerdem müssen die ersten Jahre von steigenden Kursen begleitet werden, sonst bricht das Geschäftsmodell in sich zusammen.

Noch gefährlicher ist die Methode, die Warren Buffett angeblich in seiner Anfangszeit angewendet hat. Er garantierte seinen Anlegern 6% Zuwachs pro Jahr, kassierte dafür aber drei Viertel des 6% übersteigenden Gewinnes. Abgesehen davon, dass solche Wild-West-Methoden heute nicht mehr erlaubt wären (Kreditwesengesetz, Finanzaufsicht, Securities and Exchange Commission), ist das eine hochgefährliche Sache. Wenn Sie als kleiner Vermögensverwalter 50.000 € Haftungskapital besitzen und nach gutem Start 1 Million Kundengelder einbezahlt werden, wirft Sie ein Börsen-Jahr mit +1% schon um. Sie müssen dann neben Ihren Kosten die Differenz zwischen den erreichten +1% und den von Ihnen garantierten +6% der verwalteten Million auszahlen. Das sind nach Adam Riese genau ihre vorhandenen 50.000 €. Wenn Sie gar 2 oder 5 Millionen nach einem guten Jahr betreuen, dann reichen 3,5% Plus oder 5% Plus auf Ihren Kundenkonten nicht aus, um Ihre persönliche Pleite zu vermeiden.

Buffett hatte in den Anfangsjahren einen riesigen Dusel und danach rechtzeitig sein haarsträubendes Geschäftsmodell verändert. Sonst gäbe es diesen zweifellos erfolgreichsten Daueranleger aller Zeiten nicht mehr.

Er hat, wie viele erfolgreiche Unternehmer zur richtigen Zeit, das Richtige getan.

Aber erst danach weiß man, wann die richtige Zeit war.

Bei nüchterner Betrachtung war seine Risikobereitschaft völlig inak-zeptabel. Empfehlen kann man deshalb diese Methode aus seiner Anfangszeit niemandem.

Auch mit der Diversifizierung (Streuung) des derzeitigen Buffett-Depots ist ein solider Banker bestimmt nicht einverstanden. Buffett's Firma Berkshire Hathaway hat über 50 Mrd Dollar zu verwalten.

Davon stecken ...

- 25% in Coca Cola,
- 19% in Wells Fargo (Bank, Sie kennen diese Firma noch aus alten Western-Filmen, damals waren scheinbar alle Postkutschen von Wells Fargo),
- 15% in weiteren Bankpapieren (American Express).

Insgesamt besteht das Portfolio aus ca. zwei Dutzend Positionen. Ich würde mehr Streuung über verschiedene Branchen erwarten und ca. 4% in jeder Firma anlegen.

Buffett hat wegen seines sagenhaften Riechers für gute Gelegenheiten ein weltweit einmaliges Aktien-Portfolio aufgebaut. Seine Größe macht ihm jetzt zu schaffen. Um 4% seiner 50 Mrd unterzubringen, muss er dauernd nach Riesen suchen. Er kann sich nicht an einer kleinen, aufstrebenden Firma beteiligen, deren Wert von jetzt 5 auf künftig 500 Millionen steigen wird. Selbst wenn er 10% dieser Firma erwirbt und die ganze Erfolgsstory mitmacht, bedeutet diese Verhundertfachung für sein Firmenkonto einen kaum spürbaren Zuwachs von etwa 1%.

Ein weiteres Problem stellt seine Coca-Cola-Beteiligung dar, die sich im Laufe der Jahre vervielfacht hat. Wenn sie früher mal 2,5% (diese Zahl habe ich nur geraten) am Depot ausmachte, ist sie jetzt auf 25% angewachsen. Hätte er diesen 10-bagger früher immer wieder auf 4% gestutzt, wäre sein Depot nie so stark angewachsen.

Was würde wohl WB mit einem Absteiger machen, besonders wenn er Coca Cola hieße?

Sie sehen schon, wenn jemand in einer wesentlich höheren Liga spielt, muss man sehr vorsichtig mit Kritik sein, wenn man selber nur in der Kreisklasse mitmischt.

Warum brauchen Sie keinen professionellen Verwalter?

Warum sollte man sich nicht die ganze Mühe sparen und sein Geld lieber einem professionellen Verwalter übergeben?

Jeder Verwalter hat die Probleme, die im vorigen Abschnitt geschildert wurden. Warum sollte er es besser machen als Sie? Er kann auch nicht in die Zukunft sehen. Wer garantiert Ihnen, dass er sich an die für Sie wichtigen Regeln hält? Ein Berater nimmt Ihnen nur den Zeitaufwand ab, aber nicht das Risiko. Sogar die Garantiefonds („garantierter Kapitalerhalt") einiger Großbanken konnten ihr Versprechen nicht halten und haben Minus-Ergebnisse eingefahren, obwohl sie nur die Zinsen spekulativ anlegen wollten.

Ein Verwalter macht nichts umsonst!

Sie kennen vielleicht die Story von der Hafenrundfahrt des Brokers mit dem Journalisten. Als sie an der Yacht des Brokers vorbei kamen, brüstete sich der stolze Besitzer mit dem luxuriösen Stück. Der Journalist war nur kurz beeindruckt. Dann fragte er: „Und wo sind die Yachten Ihrer Kunden?" Damit man als Vermögensverwalter auch für seine Kunden so viel Geld verdient, dass sie sich eine schöne Yacht leisten können, braucht man einen sehr starken Trend oder viel Glück. Beides ist nicht planbar. Der Ärger, der bei nur mäßigen Erfolgen oder bei Kursrückgängen zu ertragen ist, wird manchen Verwalter ziemlich fertig machen und seine Familie auch. Hoffentlich verwaltet er nicht auch noch das Geld seiner Freunde.

- **Wenn Sie die Sache selbst in die Hand nehmen wollen** und Freude daran haben, ein schwieriges Geschäftsfeld zu lenken,

- wenn Sie bereit sind, Zeit und ein bisschen Geld für Ihre „Ausbildung" zum Finanz-Spezialisten zu investieren, um mit einem hohen Wissensstand in einem wichtigen Bereich unseres Lebens belohnt zu werden,

- wenn Sie es gewöhnt sind, fleißig zu sein,

- dann sollten Sie es wagen!

Verwaltet man nur seine eigenen Ersparnisse und handelt auf eigene Rechnung, spart man sich Werbung, Gebühren und Rechtfertigung gegenüber Kunden. Man braucht keine Telefonate und Briefe beantworten, keine Aufsichtsämter und keinen Aufsichtsrat fragen. Höchstens die Vorsitzende des Haushaltsvorstandes könnte unbequeme Fragen stellen. Die könnten möglicherweise noch schwieriger ausfallen als bei Fremdkunden.

Wer sich um nichts kümmern will, der braucht jetzt nicht weiterlesen. Aus meiner Sicht gibt er damit „das Heft aus der Hand", wie ein Autofahrer, der das Steuerrad loslässt.

Jeder kann mit seinem Geld machen, was er will. Geben Sie also ruhig dem Berater mit der aggressivsten Werbung die Vollmacht über Ihr Konto und lassen Sie ihn machen, was er für richtig hält. **Er will ja nur Ihr Bestes, Ihr Geld!**

Jetzt werde ich wieder ernst: Bleiben Sie bei Ihrer Hausbank und befassen Sie sich selbst mit der Materie, den Verwalter können Sie sich dann sparen.

Natürlich lassen Sie Ihre Steuererklärung von einem Profi anfertigen. Das ist ja ganz was anderes. Kein Land der Welt hat eine derart komplizierte Steuergesetzgebung wie wir. Über die Hälfte der Weltliteratur in Sachen Steuern stammt aus Deutschland. Trotzdem sollten Sie sich mit den Grundlagen des Steuerrechtes befassen, schließlich halten Sie Ihren Kopf hin. Sie segnen den Jahresabschluss mit Ihrer Unterschrift ab und tragen die Konsequenzen.

Auch Ihren Blinddarm werden Sie nicht mit dem Handbuch für den Heim-Chirurgen selbst entfernen. Das Operieren ist aber auch nicht so schnell erlernbar wie die Verwaltung eines Future-Depots. Sie glauben mir nicht? Dann lesen Sie bitte weiter.

Warum beißen sich so viele Verwalter und Fonds die Zähne aus an einer guten Performance (Leistung) im Vergleich zur Benchmark (Messlatte, gemeint ist der vergleichbare Index, z.B. der DAX, wenn nur deutsche Aktien gekauft werden)? Wegen der Gebühren! Dadurch sinkt die Chance, den Index zu schlagen. Die Werbung und der Vertrieb schmälern das Konto noch mehr.

Ab einer bestimmten Fonds-Größe kann man nicht mehr schnell genug reagieren,

- weil der Vorstand es genehmigen muss,
- weil der Anlageausschuss nur alle zwei Wochen tagt,
- weil auch Profis überheblich, schlampig oder zu gierig sein können und ...

- weil an manchen Tagen 10.000 BP-Aktien nicht so leicht verkäuflich sind wie 1.000 Stück.

Bei der Steuer und beim Blinddarm hat man noch sehr gute Chancen, das Ergebnis vorauszusagen oder zumindest mit hoher Wahrscheinlichkeit einzuschätzen. Börsen-Kurse sind leider nicht kalkulierbar. Von Niemandem.

Früher habe ich geglaubt, die Experten könnten die Entwicklung der Märkte vorausahnen. In gewisser Weise kann das jeder, nur mit der Trefferquote hapert es. Die liegt nämlich langfristig und bei einer genügend hohen Anzahl von Vorhersagen, bei Lieschen Müller ähnlich wie bei den Experten, nämlich je nach Zeitraum und in einem *normal verteilten Markt* bei ca. 50%. Wenn 70% der Jahre in eine Richtung gehen, ändert sich logischerweise die Trefferquote unserer Prognostiker und wir wundern uns im Nachhinein über die scheinbar hohe Zuverlässigkeit.

Hat irgendeine Rating-Agentur rechtzeitig vor dem Lehman-Debakel oder einer anderen Krise gewarnt? Nein! Die Herabstufung kam immer erst, wenn das Kind schon in den Brunnen gefallen war!

Wieso gibt es dann Vermögensverwalter mit fünf guten Jahren in Folge?

Ganz einfach, aus dem selben Grund, aus dem beim Roulette 9 oder 11 mal in Folge Rot kommen kann, obwohl die Chance dafür nur etwa 1 zu 2^9 (512) bzw. 1 zu 2^{11} (2048) ist.

Wenn jedes Jahr 10% von 100.000 Verwaltern gute Ergebnisse erzielen, sind das im ersten Jahr 10.000.

Im nächsten Jahr werden aus diesen 10.000 wieder 10% gut abschneiden, also resultieren 1.000 Verwalter mit zwei guten Jahren in Folge.

Im dritten Jahr werden 100 meinen, sie hätten den heiligen Gral gefunden und im 4. Jahr werden 10 Verwalter sich vor Kunden nicht mehr retten können.

Die Werbung mit den guten Ergebnissen wird scharenweise Anleger anziehen. In Wirklichkeit hat die Taktik dieser Verwalter nur zufällig zur aktuellen Börsenverfassung gepasst. Genauso wie sich der Bauunternehmer in Zeiten steigender Land-Preise mit Vorratsgrundstücken eine goldene Nase verdient, wird er bei rückläufigen Preisen böse abstürzen. Weil Immobilien-Zyklen in der Regel länger dauern als Aktien-Zyklen, wird der hoch fremdverschuldete Baulöwe nach 5 Verdoppelungen mit einer einzigen „Minus-101%-Periode" ausgelöscht.

Sie glauben es nicht? 10 Mio Guthaben, Einkauf für 30 Mio und 1/3 Wertverlust, was bleibt dann? Aus 30 Mio werden 20 Mio. 20 Mio stehen aber auch auf der Schuldenseite, und dann sind noch die Zinsen zu zahlen, Geld dafür ist aber nicht mehr vorhanden.

Also keine Leverage! (Aufnahme von Fremdkapital, um die Einsätze zu erhöhen)

Sonst wird Sie ein einziger *Schwarzer Schwan* umwerfen,

ein Tsunami,

    ein Fukushima,

        ein Attentat auf eine wichtige Persönlichkeit,

            ein 11. September,

                ein schwarzer Freitag,

oder **ein** Vertipper eines großen Brokers, der eine Lawine von SL-Aufträgen auslöst und damit manche Kartenhäuser zum Einsturz bringt.

Je länger Sie an der Börse tätig sind, umso größer wird die Gefahr eines unerwarteten Großereignisses. Deshalb lautet mein Rat: entscheiden Sie selbst über Ihr Konto. Schließlich tragen Sie auch die Folgen ganz alleine.

Ohne Schweiß wird es aber nichts mit dem Reichwerden!

Was ist von Tipps zu halten? – Nichts! – Hören Sie bloß nicht hin!

Meinen Sie, dass Tippgeber Insider-Informationen haben? Und diese geben sie ausgerechnet und exklusiv an Sie weiter?

Glauben Sie noch an den Weihnachtsmann? Sogar der beste Tipp müsste pausenlos aktualisiert werden und Sie müssten dieses update auch noch lesen und befolgen. Also kann ein einmaliger Tipp gar nicht funktionieren, zumindest nicht im mittel- oder langfristigen Bereich. Jeden Tag gibt es neue Ereignisse, die Auftragslage und die Zinssätze können sich überraschend ändern und neue Gurus betreten die Bühne, um die öffentliche Meinung zu beeinflussen.

Wenn Sie alle Tipps in Ihren Börsenbriefen befolgen, haben Sie bald ein Sammelsurium und kein strukturiertes Depot mehr. Sie müssen jede Woche einiges verkaufen, damit Sie die neuen Empfehlungen befolgen können. Hin und her, Taschen leer (Gebühren!).

Warum sollte gerade der Schreiber des 10 Euro-Börsenbriefes regelmäßig an heiße Informationen kommen?

Hören Sie auf zu träumen. Lesen Sie lieber nach, wie Front-Running (marktenge Papiere kaufen und danach seinen Kunden empfehlen) und andere Abzockereien funktionieren. Nicht jeder Börsenbriefschreiber ist ein Schlitzohr, aber die Strafen für die genannten Delikte sind so gering, dass sehr viele schwarze Schafe einen Versuch wagen.

Ich lese gerne die Meinung anderer. Aber überprüfen Sie mal die Ergebnisse nach sechs Monaten. Der berühmte Affe, der mit Wurfpfeilen auf das Kurs-Tableau des Wallstreetjournals jährlich das Monkey-Depot zusammengestellt hat, war zum Jahresende meistens besser als die Fonds.

Das ist ganz leicht zu erklären, weil es ein *unfairer fight* ist, nämlich ...

- **Affe ohne Gebühren – gegen Fonds**
  - **mit riesigem Verwaltungsapparat**
    - **und Unmengen an Bürokratie,**
      - **mit Personalkosten und hohen Mieten**
        - **und**
          - **und ...**

Value investing — Teil 2

Anlegen nach Fundamentaldaten

Nach Benjamin Graham oder dessen bekanntestem Anhänger, Warren Buffett? Haben sie wirklich die gleichen Möglichkeiten wie WB? Können Sie die Qualität des Managements und die Gewinnentwicklung der Firma einschätzen, von der Sie Aktien kaufen?

Ich denke, das können Sie und ich und alle anderen Normalsterblichen nicht. Also müssen wir die Grundsätze von WB auf unsere Möglichkeiten und unser Ego zuschneiden.

Für ein Aktiendepot ist die Methode des Value Investing meines Erachtens unrealistisch, für ein Future-Depot gänzlich untauglich. Für große Kapitalsammelstellen ist sie ok.

Was sind Ihre „Löffelziele"?

Diesen Ausdruck habe ich von meiner Frau:

Löffelziele sind die Ziele, die Sie erreichen wollen, bevor Sie den Löffel abgeben.

Für viele meiner Freunde gehört dazu der Erfolg an der Börse, das hat nicht nur mit Geld oder Gier zu tun. Wer sich näher damit befasst, der wird die intellektuelle Herausforderung und die damit verbundene Disziplinierung schätzen und lieben.

Kennen Sie **Nassim Nicholas Taleb,** diesen ketzerischen Professor? Nein? Sollten Sie aber. Er ist nicht einer vom Typ Roland Leuschel, der dauernd Crashs vorhersagt. Irgendwann hat Herr Leuschel mal zufällig Recht und dann ist er der Super-Vorhersager. Leuschel ist aber auch nicht irgendjemand, sondern war lange Zeit Direktor einer großen Luxemburger Bank, als Luxemburger Banken noch in ihrer Blüte standen. Aber RL ist der Prototyp eines Zweckpessimisten, und manche Leute sagen, dass er in den vielen langen Aufwärtsphasen mit seinen Negativ-Ratschlägen eine Menge Geld vernichtet hat.

Taleb ist nicht von der Sorte RL. Er warnt vor den Risiken, die möglich sind, aber bisher glücklicherweise ausgeblieben sind und die deshalb auch fast niemand in seine Langfrist-Strategie mit einbezieht.

... New Orleans! Wer hätte gedacht, dass die Heimatstadt von Fats Domino innerhalb weniger Stunden versinken würde? In kurzer Zeit wurden unermessliche Werte zerstört.

Das zeigt uns auch, dass man die Vergangenheit unmöglich linear fortschreiben kann. Man kann die Zukunft nicht vorhersehen! Was Sie oder ich meinen, das interessiert die anderen Leute nicht. Es wird so kommen, wie es die Mehrheit der Marktteilnehmer an diesem Tag und in dieser Minute sieht.

Was ist ein schwarzer Schwan?

Dieser Begriff wurde vor ca. 10 Jahren von Professor Taleb erstmals einem breiten Publikum vorgestellt. An der Börse steht er für eine scharfe, unerwartete Gegenbewegung durch ein überraschendes Ereignis von großer Bedeutung, das viele Leute auf dem falschen Fuß erwischt.

Diversifizieren (Streuen)

Ein gewisser Jack Gaummill – leider kann ich manchmal meine eigene Schrift schlecht lesen, aber so ähnlich war der Familienname von Jack, er möge mir diesen Lapsus verzeihen - hat 1967 in seiner Doktorarbeit über die Streuung in einem Wertpapier-Portfolio geschrieben.

Mehr als 18 verschiedene Titel bringen seiner Meinung nach keine Verbesserung der Performance. Was Jack schreibt, kann ich nicht nachvollziehen. Ich fühle mich im **Anlage-Depot** mit vielen Dutzend Aktien-Titeln sicherer und 5% für einen einzigen Wert (also 20 Titel insgesamt) bedeuten für mich ein viel zu hohes Klumpenrisiko.

Für ein Daueranlage-Depot mit Aktien stellen 20 Titel eine zu kleine Auswahl dar. Mit jeder einzelnen Aktie steigt im Langfrist-Depot die Chance, einen Highflyer (Überflieger) zu erwischen. Ein Papier mit Verdreifachung wiegt jede Lusche leicht auf.

„Verbillige nie Deine Verluste!"

Auch diesen Rat haben Sie schon oft gelesen. Für den disziplinierten Anleger kommt eine Verbilligung sowieso nicht in Frage. Er kauft nach der am Anfang genannten Methode, wenn die ausgewählte Aktie „fällig" ist, weil auf dem Konto wieder genug Geld für die nächste Kaufeinheit zur Verfügung steht.

Welchen Börsenplätzen kann man vertrauen?

Eigentlich allen, es gibt strenge Aufsichtsämter und ausgeklügelte Regeln. Man muss diese Regeln auch kennen und beachten. Deshalb rate ich Ihnen, die exotischen Märkte zu meiden und lieber über NYSE (New York Stock Exchange), NASDAQ (US-Technologie-Börse) und EUREX zu handeln.

Aber nicht Over the Counter (OTC) Das ist der ziemlich unregulierte US-Freiverkehr. Counter heißt wörtlich übersetzt „Theke". Over the Counter heißt also „über die Theke". Ein sehr kluger TMW-Chatter (Walter, am 13.7.2001) hat es so ausgedrückt: „dort werden Sie über den Tisch gezogen, deshalb heißt es auch Over the Counter".

Die OTC-Kurse aus USA werden in speziellen Gazetten in rosa gedruckt, weil dies angeblich die angenehmste Lesefarbe ist. Was nicht alles versucht wird um die Leute zu verführen! Die Pink Sheets (rosa Kursblätter) könnte man rein phonetisch verstehen als Pink Shit. Sorry, aber alles muss erläutert werden und Shit heißt nun mal „Mist", oder so ähnlich....

Bei einem Kurs-Schock oder einem längeren, langsamen Kurs-rückgang sollten Sie so tun, als sei *nichts* geschehen. Sie haben ja Ihren 40%-Katastrophen-Stopp.

Kaufen Sie auch nicht außer der Reihe eine scheinbar besonders billig gewordene Aktie. Sie wissen, was mit AEG, Karstadt und General Motors passiert ist. Zum Schluss gingen sie doch pleite und nicht einmal aus den „ganz billigen" Käufen ist etwas geworden.

- **Überweisen Sie kein Geld, das für andere Zwecke geplant war, auf Ihr Aktien-Konto.**

- **Nehmen Sie unter keinen Umständen einen Kredit auf, um Aktien zu kaufen!**

- **Leider sind die meisten Menschen nur mittelmäßige Ego-isten.**

- **Auch die Klügsten nehmen Ihre Gewohnheiten wichtiger als ihren Vorteil.**

(Sie kennen diesen Spruch von Friedrich Nietzsche bereits?) Meistens ist die Gier oder Panik des Augenblicks der Grund, dass der Verstand aussetzt und die schlechten, unüberlegten Handlungen zulässt.

Papertrading

So nennt man das Üben auf einem Konto mit Spielgeld. Viele Broker bieten diese wertvolle Möglichkeit an. Papertrading ist unbedingt nötig, damit Sie sicher mit Ihrer Handelsplattform arbeiten können. Es ist wichtig zum Trainieren mit den Bedienungstasten und zum Einstellen Ihrer Parameter, z.B. des Stop-Loss-Auftrages.

Mit Papertrading ...

lernen Sie die **Eingabe der Käufe und des SL** und Sie sehen die **fortlaufende Kursentwicklung** mit ihren Stockungen und Sprüngen, die langweiligen **Zeiten ohne große Bewegung**, die **Big Moves** nach wichtigen Nachrichten und die **ruckartigen Gegenbewegungen** ohne erkennbaren Grund, Ihren augenblicklichen **Kontostand** und vieles mehr.

Sie werden die Auswirkung von Tippfehlern und Missverständnissen auf Ihren Kontostand erkennen und darüber erschrecken.

Paper-Traden erspart Ihnen aber nicht den Sprung ins kalte Wasser, in dem es um echtes Geld geht.

Zum Schluss stelle ich Ihnen vor:

Die Jack-Dreyfuß-Methode

Auch für Teilzeit-Trader gibt es aussichtsreiche Methoden, die richtigen Aktien auszusuchen. Beispielsweise die Trendfolge-Methode. **Jack Dreyfuß**, der legendäre Gründer des erfolgreichen Dreyfuß-Fonds (60er und 70er Jahre) war einer der ersten institutionellen Trendfolger. J D hat mit seinen Ergebnissen alle Mitbewerber abgehängt und den Dreyfuß-Fonds zu einem der damals größten Investmentfonds gemacht.

J D ging davon aus, dass eine erfolgreiche Firma wahrscheinlich auch weiter erfolgreicher sein wird als ein Absteiger, der sich nur selten wieder aufrappelt.

Sie wissen es bereits, wenn ein Investor auf die Wiederauferstehung von AEG gesetzt hätte und immer wieder noch billiger und mit Kredit nachgekauft hätte, wäre er gemeinsam mit AEG pleite gegangen.

Weil viele Anleger immer wieder glaubten, dass die Aktien von Microsoft in den 80-er und 90-er Jahren hoffnungslos überbewertet waren und auf billigere Kurse warteten, blieben Sie ebenso wie bei Apple und Google nur Zuschauer des phänomenalen Zuwachses bei den genannten Überfliegern.

Überflieger steigen aber nicht ewig. Deshalb darf man die Rückgänge der alternden Highflyer nicht tatenlos aussitzen und warten bis Cisco und Konsorten sich zunächst verhundertfachen, um sich dann zu zehnteln! Hier heißt das Zauberwort Stoploss bei 40% Rückgang, vgl. oben im Kapitel „CANSLIM".

Halten Sie durch und vergessen Sie nie diese Aussage:

Der Mann, der den Berg angehäuft hat,

war derselbe,

der auch den ersten Stein aufhob.

Bildnachweis

Cover-Foto: Le Penseur (1881) – Der Denker
von Auguste Rodin (1840-1917), Musée *Rodin,* Paris

Die Bronze-Skulptur lässt eine stilistische Nähe zu Michelangelo erkennen, dessen Werke Rodin auf einer Italienreise 1875 /76 studiert hatte.

»Der Denker« als Cover-Bild soll folgende Zielrichtungen des Buches symbolisieren:

- die Versenkung des Lesers in die die anspruchsvolle Thematik,

- die niemals garantierte Sicherheit, den "Stein der Weisen" schon gefunden zu haben,

- das unablässige Grübeln, das Nach- und Vorausdenken über die einzuschlagende bzw. zu moderierende Anlage-Strategie,

- schließlich auch – mit Blick auf den Autor: das Jahrzehnte währende Bestreben, aus positiven wie negativen Anleger-Erfahrungen verlässliche Folgerungen zu ziehen und den Ertrag in den Ratschlägen dieses Buches darzustellen.

Foto von   Daniel Stockman
aufgenommen   27. April 2010,
Invalides, Paris, Île-de France,
Kamera   Nikon D700,
Bilddatei   Paris 2010 - Le Penseur.jpg
hochgeladen   http://flickr.com/photo/84989911@N00/4694248310
veröffentlicht   in Wikimedia Commons

URL http://commons.wikimedia.org/wiki/Image:Paris 2010 - Le Penseur.jpg

Lizenziert unter GNU-Lizenz für freie Dokumentation mit der Berechtigung,
- das Werk bzw. den Inhalt zu vervielfältigen, zu verbreiten und öffentlich zugänglich zu machen,
- Abwandlungen und Bearbeitungen des Werkes bzw. Inhaltes anzufertigen,
- das Werk kommerziell zu nutzen.